どうかしてました

豊﨑由美

集英社

どうかしてました

まえがき

子供の頃から今に至るまで短気で我慢するのが苦手な人間なんですが、ふたつだけ「我慢してよかったなあ」と思うことがあります。それは、「ピラニアに指を噛まれたい」「車に足の甲を轢《ひ》いてもらいたい」という願望です。

わたしが通っていた愛知県江南市立藤里小学校の来客用出口のロビーのような場所には大きな水槽があったんですが、そこにある日突如ピラニアが投入されたんです。児童騒然。毎日のように人だかりができたのはいうまでもありません。で、小学五年生のトヨザキは想像したんです。

「あの水槽に指を突っ込んだら、どうなるだろう。ピラニアは噛むかなあ」

毎日うずうずしながら水槽を眺めていたんですが、なんとか思い留《とど》まることができたのは幼児の頃の恐怖体験ゆえでした。父親に連れられて入った小料理屋で、わたしは水槽に入っていた亀にいたく興味をそそられ手を突っ込んだんですね。そしたら、噛まれた。スッポンだったんです。父ならびに料理人騒然。「お嬢ちゃん、じっとしててね。じっと、ね」と静かな声でわたしをさとしながら、そーっとゆっくりスッポンを持ち上げる板前さん。それにあわせて噛まれた手を上げていく幼児。その後、スッポンの首は断ち切られ、わたしの指もなんとかくっついたまま病院へ。料理人に平謝りし、スッポン一匹分の代金を支払い、病院に駆け込まされた父親が怒るまいことか。と思うのですが、しかし、自分の血で真っ赤に染まっていく水槽の記憶以降、実はあまりよく覚えてはおりません。

というわけで、ピラニアに関してはかろうじて我慢できたんですが、「車に足の甲を轢いてもらいたい」願望に関しては、踏みとどまるのにかなり苦労いたしました。子供だったわたしはバカだったので（今もかなりのバカではありますが）、「一瞬だったら痛くもないし、怪我もしないいんじゃないかな」と予想し、それを確かめたくて確かめたくてしかたなかったんです。歩道のガードレールによりかかって、車がくるたびに、足を出そうか出すまいか考える。そのスリリングな時間も好きだったっけなあ。……二〇二四年の一月に足の骨折を経験した今、踏みとどまった自分を褒めてやりたい気持ちでいっぱいです。

とか、まあ、そんなこんなの子供時代のエピソードを飲み会やイベントで話していたらウケがよかったので、ちょろっとだけ書いてみたら出版業界紙「新文化」の編集者・芦原真千子さんの目に留まり「トヨザキ社長の書評家的日乗」というタイトルでエッセイ書評のようなものを連載させてもらえることになったわけです。

「あとがき」でも謝意と共に、この本を企画編集してくれた河井好見さんからずーっと「エッセイ集を出しましょう」と言っていただいていたことを記してますけど、自分としてはエッセイは本懐ではないし、ヘタクソという自認があったのでのらりくらりとかわしていたところ、「新文化」の連載がけっこう溜《た》まった、と。書き下ろしをしなくてもいいなら出したいなあという怠惰な意図を汲んでもらって刊行されるのがこの本の正体なのであります。

タイトルに関しても、河井さんをはじめとするホーム社の皆さんから「書評」か「本」という言葉は入れたいという要望をいただいていたのですが、なんか違うなあと首を縦に振れず、結局この『どうかしてました』を押し通してしまいました。いつも書いている書評と比べると簡略とはいえ、たしかに本の紹介もしてはいますが、エッセイ的な部分は冒頭のピラニアや足の甲エピソード同様これまでの「どうかしてた」ことオンパレードだからです。

こういう恥の上塗りのようなエッセイ集が出せるのも、父が亡くなって近親がいなくなったというのは大きいかもしれません。若い頃、娘のわたしがカードローンで首が回らなくなって自分が肩代わりすることになって以降、年末に帰省するたび、大晦日にその手のCMが流れると「お前はもうこういうところで金は借りておらんだろうねえ」と確認した父。そんな父がある日「お前は向田邦子のような随筆集は出さんのか」と訊ねてきたことがあります。娘大笑い。「書けるわけないじゃん」。「そしたら、山口瞳の私小説『血族』みたいなのは、どうだ。……お父さんは、何を書かれてもいいよ」。

父よ、向田邦子のような滋味溢れる随筆は書けないし、小説も書けないけど、今回こんなふざけた内容のエッセイ集を出すことになりました。「何を書かれてもいいよ」と言ってもらったので、そのとおりにさせてもらってます。でも、さすがに生前は可哀想なので、刊行が今になったのは数少ない親孝行だと思ってください。

おそらくは、これが最初で最後のエッセイ集。読者の皆さんには笑って読んでいただけたら嬉しいです。あと、若い皆さんには、こんな「どうかしてる」人生を送っていてもなんとか生きていけるんだと安心していただけたらと願っています。ではでは、お楽しみください。

［編集部注］本書で紹介している本の翻訳者、出版社、出版年等につきましては、巻末の「掲載書籍一覧」に記しています。

目次

第七章　多動だった頃　199

装幀　名久井直子
装画・題字・挿画　犬ん子
写真　著者提供

第一章
団地っ子だった

余はいかにして社長になりしか

もう十数年も前の夏、チョコエッグのフィギュアとペプシについていたスター・ウォーズのボトルキャップのコンプリートに血道を上げていたのであります。その日もスーパーで、全種揃うまであと五つのところまで来ていたボトルキャップを、袋の上からそっと盲牌《もうはい》して探ることに集中していたところ、後ろのほうから「社長、社長、社長っ」と連呼する声が。振り返ると、近所に住む大人養成講座で知られるコラムニスト・石原壮一郎さんが、朗らかな笑顔で立っていたのです。

その時の互いの格好はといえば、共にくたびれたTシャツと短パン。チョコエッグを大量に入れた買い物カゴを両脇に置き、ウンコ座りで目をつぶってペプシのオマケを盲牌している四十代のおじさんみたいなおばさんと、スーパーに来たのに何も持たず、ただ「社長」と連呼しているだけのにこやかなおじさん。そんな二人を交互に見やる、「あの人が社長で、あの人が部下？」という疑問を眉間に貼りつけた主婦の皆さんの、不審者に向けるような眼差《まなざ》し。「石原さん、近所のスーパーでは社長って呼ばないでください」、言い聞かせたのはいうまでもありません。

というわけで、「社長」と呼ばれるようになって幾星霜。そもそものきっかけは、スポーツ総合雑誌の「Ｎｕｍｂｅｒ」でマイナースポーツの現場や大会に赴いてはリポートするという連載をもらったことなんです。その時、編集長から指示されたのは「とにかく笑える内容に」。なので、もともと傍若無人な傾向にある己を一・五倍くらいに誇張した、取材先や担当編集者相手に粗暴で偉そうで頭の悪い言動を繰り返す「社長キャラ」を作ったわけです。

しかしですね、地位が人を作るってんですか？　社長を名乗るようになって以来、一介のフリーランスのライターにすぎないわたくしに対し、周囲の扱いが変わってきたんですの。なんてんでしょう、全体に丁寧な、というか怯《おび》えてる？　そんな感じ。実に、快適。ただ、社長の肩書きにもそろそろ飽きてきたので、今から四年後、六十歳になったらＣＥＯになってやろうか、と。でもって、故スティーヴ・ジョブズ氏のように、いつも同じ服を着倒してやろうか、と。

そうなったら、いったい出版業界はわたしをどう扱ってくれるんでしょう。なんたってＣＥＯなんだから、打ち合わせの後は「すきやばし次郎」の鮨でもご馳走しなきゃいかんのではないか、ＣＥＯの本なのだから出すのは当たり前として、なんなら初版五万部は刷らなきゃいかんのではないか、そんなふうに考えるようになってくれるのでしょうか。

夢はふくらむばかりです。

「新文化」２０１７年9月14日号

団地っ子だった

小学二年生から卒業するまで、超マンモス団地に住んでいた。巨大なロボットのように見えた給水塔。三角ベースや凧揚げに興じた広場、ローラーゲームもどきに夢中になった林の中の舗装道。卓球をした児童館。たくさんの物語と出合った図書室。そろばん塾に行く途中にあった、五月には藤の花が美しい曼荼羅寺《まんだらじ》。

これまでの五十六年間の人生で、あの団地で過ごした五年弱が一番楽しかった。卒業間際に九歳上の姉が自殺するという悲しみに見舞われたけれど、できることなら、あの五年間をわたしはループし続けたい。

他者の存在を意識できるようになったのもその頃だ。冬の夜、母に届け物を頼まれて団地の中を歩いていたら、たくさんの棟にあるたくさんの窓に明かりが灯っているのが目に留まり、「あのひとつひとつの部屋に誰かがいる。でも、わたしはその人のことを何も知らない」という当たり前のことに気づいた。で、「この団地の向こうにも、そのまた向こうにも家々は続いていて……」と思いが至った瞬間、わたしはめまいを覚え、立っていられなくなったのだ。

だからといって、それまでの問題児としての所業を改めたわけでもないし、性格に深みが加わったわけでもない。でも、あの時覚えためまいのことは忘れられない。生涯忘れられません。

なので、団地が舞台になった小説を読むと気持ちが上がる。小田雅久仁《まさくに》の『増大派に告ぐ』、殊能将之《しゅのうまさゆき》の『子どもの王様』、久保寺健彦《たけひこ》の『みなさん、さようなら』、リチャード・プライスの『フリーダムランド』、ジャン・ヴォートランの『パパはビリー・ズ・キックを捕まえられない』、マブルーク・ラシュディの『郊外少年マリク』など。そこに新たに加わったのが、柴崎友香の最新長篇『千の扉』だ。

主人公は三十九歳の永尾千歳。夫の一俊と共に、骨折して娘の家に身を寄せている一俊の祖父・勝男の留守宅を預かるというかたちで、都心にある都営住宅に仮住まいしている。実は千歳は勝男から、三十五号棟三千戸の中からある人物を探し出すことを頼まれていて――。〈同じ形、同じ重さの扉。（略）その中には、誰かが住んでいる。（略）すぐそばにいるのに、どんな暮らしをしているのか、扉の向こうは見えない〉

複数の登場人物の過去から現在に至るまでの時間を、舞台になっている団地の記憶に重ね合わせる物語の中に、〝千の扉〟の向こうにある千差万別さやかけがえのなさを伝える。団地っ子ならドハマリ間違いなしの素晴らしい小説だ。

「新文化」２０１７年11月9日号

長嶋信者だった

長嶋茂雄選手が好きだった。

生まれてすぐ、父親の仕事の都合で復帰前の沖縄に渡っているのだけれど、四歳くらいの時だろうか、ジャイアンツとタイガースが試合を見せにきてくれたことがある。で、三塁側に陣取ったわたしは、長嶋選手の一挙手一投足に魅了されてしまったのだ。ボールを捕る、投げる。ウェイティングサークルで自分の番を待つ。バッターボックスで構える、バットを振る。なんて面白い人なんだろうと胸をときめかせた。初めて「憧れ」という感情を獲得した瞬間だった。

以来、「信者」と揶揄《やゆ》されてもしかたないほど、わたしは長嶋さんにイレこんだ。草野球でも中学で入ったソフトボール部でも守備位置はサード、打順は三番か五番を死守。長嶋さんのバッティングと守備の真似をし、時にはわざと派手に空振り三振し、簡単な打球を股の間で後逸させては、大げさに悔しがってみせる姿まで模倣しないではいられなかった。

長嶋さんの引退が決まった年には中日球場（現ナゴヤ球場）の三塁側ネットをよじのぼり、サードを守る長嶋さんに向かって「まだやれるーっ」と絶叫し係員に引きずりおろされ、引退試合の時には号泣しながら叩いたり揺すったりしていたテレビから煙が吹き上がったり、長じては、長嶋さんの悪口を言う相手に激しく反論しては辟易《へきえき》させたりと、かなり面倒な輩と成り果てたのだ。

パク・ミンギュの『三美《サンミ》スーパースターズ最後のファンクラブ』を読みながら、そんなことを思い出した。韓国でプロ野球がスタートした一九八二年に十二歳だった〈僕〉と親友の三十年に及ぶ有為転変を描いた小説なのだけれど、「三美スーパースターズ」とは二人が応援していたチーム名。

三美は長嶋さんがいた頃の常勝ジャイアンツとは正反対の弱小チームだし、難しい球を簡単そうに簡単な球を難しそうに捕るのが信条だった長嶋さんとはちがい、三美のモットーは〈打ちにくいボールは打たない、捕りにくいボールは捕らない〉だけど、この小説で描かれている、特定のチームや選手に捧げる祈りに近い愛情と信頼は、胸が痛くなるほど理解できる。

でも、これは野球小説というだけではない。競争社会の中で落ちこぼれと見なされた人たちへの力強いエールを、笑いと涙、ジョークと本気、シニカルとリリカル満載の物語の中にこめた心優しい社会派小説でもあるのだ。長嶋茂雄的存在を失って久しい、勝率一割二分五厘人生を歩んできた五十六歳の、心のストライクゾーンど真ん中の小説なのだ。

「新文化」２０１７年12月7日号

忖度なしに直木賞メッタ斬り！

二〇〇三年にSF翻訳家にして評論家の大森望と「文学賞メッタ斬り！」コンビを組んで以来、年末年始の休みは芥川賞と直木賞の候補作を読むことに費やされてきた。選考委員でもないのに。今回もそのせいで、一九七七年のエピソード4公開時から、リアルタイムで観てきた『スター・ウォーズ』の最新作も未見。しかたないから、うちにある二本のライトセーバーで干した布団を叩いている。

このオモチャのライトセーバーは、光る上に「ムォン、ムォン」という例の音まで鳴る。でもって、布団を叩いていると勝手にスイッチが入ってしまう。イマジン、想像してごらん。五十六歳のババアが、ベランダに干した布団を「ムォン、ムォン」と音を立てながら、点滅するライトセーバーで叩いている姿を。

閑話休題。というわけで、数年に一度の楽しみのおあずけをくらいながらも、わたくしは粛々と候補作を読み続けていたのであります。そんなわたくしには、候補作に対して忌憚《きたん》ない意見を述べる権利があるのでございますったら、ございます。

まずは、直木賞候補作を選んでいる文藝春秋の社内下読み委員の方々に文句を言いたい。「文学賞メッタ斬り！」を始めた当初は、選考委員の先生方に「なんでこんな作品に授賞するのか」

的イチャモンをつけ、選評を茶化しまくっていたものだけれど、ここ数年は、そもそもの候補作の選定に問題があるんじゃないかという疑問が浮上。

この連載をお読みの皆さんは出版業界の方なので、半年の間にどれほど多くのエンターテインメント作品が世に送り出されているか、ご存じですよね？　そんな数多くの中から、直木賞の候補に挙がるのは、たったの五作か六作。その中に、自社本である藤崎彩織《さおり》が初めて書いた小説『ふたご』を突っこんでくる厚顔には、呆れ返るしかない。

とはいえ、「いい作品なのかもしれない」と藤崎が人気バンド「SEKAI NO OWARI」のメンバーだということは頭からのけて、虚心坦懐《きょしんたんかい》に臨んだものの、読み終えての感想は、「幼稚」のひと言。手垢まみれの比喩を平気で使う甘ったるくて稚拙な文章で綴られた、女子による中二病小説にすぎませんでした。

書評家の多くが「世界文学クラス！」と絶賛した小川哲《さとし》の『ゲームの王国』を差し置いてまで、『ふたご』を候補に挙げた理由を、直木賞の下読み委員の皆さん、挙げられますか？　自社で金を出してる賞だからといって、やっていいことには限度があります。こんな茶番を続けていたら、せっかくの直木賞の権威も早晩地に墜《お》ちること必定です。

「新文化」２０１８年1月18日号

雪人間と雪合戦

〈ある晴れた朝に僕は目を覚まし、ブラインドの隅を押しのけてみた。（略）下を見ると、裏庭が消えていた。代わってそこには目もくらむ真白い海があった。こんもり盛り上がった、不動の波をたたえている海〉

雪が積もった時に必ず思い出すのが、スティーヴン・ミルハウザーの短篇「雪人間」（『イン・ザ・ペニー・アーケード』所収）だ。寝入ってから降った雪によって覆われてしまった世界を発見した朝。その時に子供が覚えるワクワク感を、こんなにも的確に言語化した小説を、わたしは他に知らない。

〈僕〉の町に出現するようになる、雪だるまならぬ、精巧に作られた雪人間たち。やがて、町に積もった雪から〈さまざまな新しいかたちが生まれ出たいと焦がれ〉る思いに応えるかのように、町の住民たちはこぞって雪動物や雪の木、雪の邸宅、雪の怪獣まで作り上げていく。

小学生の頃のわたしが、夢中になったのは雪合戦だった。新興のマンモス団地に住む子供たちが通う小学校と、元からその地域にあった村の子供たちが通う小学校。普段は交流がまったくないその二校の児童が、雪が降り積もった時だけ、互いのテリトリーの中間地帯にある林に集まって、雪玉をぶつけあう。

団地住まいのわたしたちは前夜、硬く丸めた直径1センチくらいの雪のビー玉を作って、ベランダで凍らせておくのが常だった。で、雪合戦の際に、おむすびの真ん中に具を入れるように、カッチカチに凍った小さな玉を雪玉に仕込むのだ。当たれば痛い。今思えば、大変危険な行為なので、良い子のみんなは真似をしてはいけません。

もちろん、対戦相手である村の小学生たちも、同じ仕掛けの雪玉を放ってくる。時には総勢五十人にもなる子供たちが、死にもの狂いで雪玉を投げに投げ合う。仕込まれた小さな玉の当たり所が悪ければ、血を見ることもあるから、必死で投げ、必死で逃げる。雪が降り積もるたび、わたしはそんな雪合戦のことをひどく懐かしく思い出す。

ところで、ミルハウザーの「雪人間」には、町の人たちが作り上げた雪の創造物の夜の様子が描かれていない。少し残念だけど、しかたがない。語り手の〈僕〉は子供で、子供は夜の町を歩き回っちゃいけないからだ。わたしも、終了宣言がなくとも、日が暮れれば自然に終わったあの雪合戦の林には、夜、足を踏み入れたことがない。でも、大人になった今、目をつぶれば、月の光を受けて、林の中、そこここでキラキラ光るたくさんの雪のビー玉を見つけることができるのだ。

「新文化」２０１８年2月8日号

チョークが握れない

白墨をしっかりつかむことができない。しばらく前までは、その感触を思い出させるから、備前焼の器を持つこともできなかった。理由は高校生の頃にさかのぼる。「カン、カンカンカン、カンッ」と凄《すさ》まじい筆力で板書《ばんしょ》する男性教師がいたのだけれど、勢いあまって「キィーッ」というガラスを引っ掻いたような音までさせるものだから、神経をやられてしまったのだ。教師が板書を始めると、指で耳に栓をして目をぎゅっとつぶり、頭の中で好きな音楽を再生。しまいには、その教師の顔すら見ることができなくなってしまったのである。こうして思い出すだけで嫌悪で顔が歪む。

子供の頃はちがった。板書を消したりする当番になるたび、ちびたチョークをポケットにくすね、アスファルトの道や、コンクリートのブロック、団地の壁に落書きをした。当時は漫画家に憧れていたから、アトムや『あしたのジョー』の力石徹や鉄人28号といった好きなキャラクターの、ヘタクソな絵を夢中になって描いた。怒られた。それでも描いた。

C・J・チューダーの『白墨人形』には、チョークで仲間内にだけ通用する記号を路上に記して遊ぶ子どもたちが登場する。〈棒人間の隣に円を描いたものは〝グラウンドで待ってる〟といったふうに〉

語り手は四十二歳の〈ぼく〉ことエディ。生まれ育った町で英語教師をしている。二〇一六年の夏、〈ぼく〉と幼なじみらのもとに、首吊りになった棒人間が描かれた絵と、白いチョークが入った手紙が届き、〈ぼく〉は一気に三十年前に引き戻される。ギャヴ、ホッポ、ミッキー、紅一点のニッキーからなる〈ぼく〉らがよく遊んでいた森で、とんでもなく凄惨な事件が起きたのだ。事件は犯人と目された人物の死で幕を下ろしたはずなのに、なぜ、今になってこんな不気味な手紙が届くのか。

二〇一六年と一九八六年の出来事が交互に物語られるというスタイルで展開していくこの小説は、各章のラストに、気持ちを鷲づかみにするエピソードや一文が置かれているため、途中で読むのをやめるのが難しい。驚きの結末も用意されている、リーダビリティがとても高い作品なのだ。「子供時代に起きた特別な出来事を大人になって語り起こす」「過去の事件が現在を侵食する」という物語のパターンを巧みに使った、郷愁と恐怖と驚愕をもたらす優れたエンターテインメント作品だ。

しかし、わたしがエディならあんな出来事の後、教師にはなれないなあ。二度とチョークが握れなくなると思うから。

「新文化」２０１８年６月14日号

天災と人災が共に起きた一九九五年に挑む小説

東洋大学文学部印度哲学科を卒業しているわたしは、宗教への関心のみならず、奇人変人好きということもあって、麻原彰晃という人物にはかなり早くから注目していた。オカルト風味のヨガ教室を主宰し、「週刊プレイボーイ」や「ムー」といった雑誌で面白半分に取り上げられていた時代から、「オウム神仙の会」を経て、オウム真理教へ。

教団内で、最古の仏教文献に関係するパーリ語の仏典を翻訳していると知った時は、なるほど、この教団が指向しているのは大乗仏教ではなく上座部仏教なのだから、批判を呼んでいた出家システムに関しても、信者が成人しているなら問題ないのではないかとも思っていた。わたしの黒歴史のひとつだ。

二〇一八年七月六日、麻原彰晃ら地下鉄サリン事件に直接関与した七名の死刑確定囚の刑が執行されたのをきっかけに、ジャーナリズムもネット民も、無差別テロ事件の再考察に夢中になっている。狂信的カルト教団の教祖が主人公女性に暗殺される場面がある村上春樹の『1Q84』のタイトルを挙げる言論も散見されるけれど、わかりやすい（読みやすい）物語には逃げず、一九九五年という天災と人災が共に起きた年と真っ向勝負している小説は、古川日出男の『南無ロックンロール二十一部経』だ。

一九九五年を二〇一一年三月十一日以降の世界に照射した、この小説の構成自体は「第一の書」から「第七の書」までの中に、それぞれ「コーマW」「浄土前夜」「二十世紀」と題した三つの物語を内包して、シンプル。でも、そのスッキリした構造のもと展開する物語は、不穏なまでに混沌としている。

小説家の〈私〉が、昏睡状態にある女性を見舞って〈ロックンロールの物語〉を語り続ける「コーマW」。小説家だった〈僕〉が、さまざまな生きものへと転生する「浄土前夜」。六つの大陸とひとつの亜大陸、日本へと蔓延していくロックンロールの物語を、大勢の登場人物の時空を自在に飛躍するエピソードで描いた「二十世紀」。

読み進めるにつれ、多くの謎を投げかけてくる物語の中から、「コーマW」「浄土前夜」「二十世紀」の函に分けられた語りのつながりがじょじょに浮上。作者は、苛烈な想像力が生みだした混沌の渦のなかに読者を巻きこみ、一九九五年へと引き戻し、あの年の震災と人災をきちんと考えずに三・一一を迎えてしまった我々に、「否」を突きつける。凄まじいカタストロフィを経験した世界で、物語になにができるのかを示す、一千枚の迫力に瞠目《どうもく》必至のメガノベルなのだ。

「新文化」２０１８年7月12日号

セクハラという恥辱にまみれて

文芸評論家にして早稲田大学文学学術院の教授である渡部直己《わたなべなおみ》が、元大学院生の女性に対しセクシュアルハラスメントを行ったというネット記事を読んだ時、すぐ頭に思い浮かんだのが、ノーベル文学賞受賞作家J・M・クッツェーが一九九九年に発表した長篇小説『恥辱』だった。

主人公は五十二歳の大学教授。離婚歴が二回あり、週に一度娼婦を買って性欲を処理してきたのだけれど、教え子と強引に関係を結んだことから転落の一途をたどるはめになる。女学生から告発を受け辞職し、スキャンダルの恥辱にまみれたばかりか、片田舎で農園を営む娘のもとに身を寄せれば、そこでも――。

この主人公、かなり不愉快な人物なのである。田舎者や教養のない人間への侮蔑的態度や、女性に向けるエゴイスティックな視線、自分を一切変えるつもりはないと言い放つ傲岸不遜さ。だから最初のうちは、彼がどんな恥辱にまみれようが、ざまあみろ。ところが、やがてそんな反発など雲散霧消してしまう。修飾を避けた現在進行形のシンプルな語り口が、読者を連れていく先に広がっている、想像を絶するほどリアルな不安と孤独の光景の前に一切の感情は失せ、ただ呆然と佇むしかなくなるのだ。

とりわけ最後が凄まじい。主人公は、魂の救済の可能性を拒否してしまうのだ。わたしがこの結末から受け取ったのは、救いなどどこにもないという残酷な現実認識。とはいえ、さまざまな読後感を生む小説なので、未読の方は、ご自身で判断なさってみてください。

さて、現実の恥辱問題に話を戻すと、事件が発覚して以降、今（二〇一八年八月二日）のところ、氏と仕事でつきあいがあったり、友人あるいは師弟関係にあった方々のほとんどが、この件について口をつぐんでいる。早稲田大学関係者に関しては、いまだ学内で調査中なのでしかたないにしても、小説家や評論家がだんまりを決めこんでいるのは何故か。

渡部氏が忖度してもらえるほどの力を有しているからではない。累が我が身に及ぶことに怯えているからではないかと、わたしは疑っている。〝女遊び〟が文学的態度と肯定的にとらえてでもいるのか、女性関係にだらしない輩が多い界隈なので、自分も告発されてしまうかもという懼《おそ》れを抱いているのではないか。みんながこの件を忘れてくれるまで、頭を低くしてやり過ごしたい。そんなところだろうと思っている。渡部氏を生け贄《にえ》にして、それで終わらせるつもりだろうが、ネット社会の現代、そううまくいくかどうか。監視し続けていきたい案件なのではある。

「新文化」２０１８年８月９日号

おまけエッセイ1
憧れの『エミールと探偵たち』とスパイ手帳

トランシーバーを手にした九歳のわたしは、怪しいおじさんを見つけては数人の仲間とその後をつけていく遊びに夢中だった。当時の子供向け玩具のトランシーバーは感度が低く、十メートルも離れれば送受信不可能な上、小声では聞き取れないものだから、結局大きな声でやり取りすることになり、トランシーバーの意味がない上に、尾行対象のおじさんにも会話が筒抜けで、たいていの場合、堪忍袋の緒が切れたおじさんに怒鳴られて、「わぁーっ」と蜘蛛の子を散らすように逃げることになって終わるのだった。

ポケットに入っていたのは、サンスターから発売されていた「スパイ手帳」だ。スパイ認定証、変装用のツケボクロやツケヒゲ、指紋検出用のマグネシウム粉、書いた文章を消したり再生したりできるスパイペン、水に溶けるメモ用紙。使うのがもったいなくて、結局、メモ用紙を一枚溶かしたきり。自分の住所氏名をスパイペンで書いた紙を、そっと水の中に落とし、ゆっくりにもほどがある速度で、うにゃうにゃと糊みたいな状態になった紙が水を白濁化させていくさまを、スパイ仲間たちと固唾《かたず》をのんで見守り、小さく失望の息をもらしたものだ。

怪しい（と、幼い自分たちが勝手に認定した）おじさんの尾行に夢中だったわたしの心の中にいたのがエミールとカッレくんだった。ケストナーの『エミールと探偵たち』と、リンドグレーンの『名探偵カッレくん』のシリーズを、何度読み返したことだろう。エミールやカッレくんにどれほど憧れたことだろう。どれほど本物の犯罪に出くわして、その犯人を自分の手でつかまえてみたかったろう。

怪しいおじさんに盗んでもらえるよう、五百円札を安全ピンでシャツに留め、団地の広場のベンチで寝たふりをしてみたり、怪しいおじさんの前を歩いてわざと小銭を落として、ネコババされることを祈ったり。挙げ句、怪しいおじさんについにとっ捕まって学校に通報され、校長室で大目玉を食ったって、われら探偵団は尾行をやめなかったものである。

しかし、奮闘努力の甲斐もなく、ついにエミールにもカッレくんにもなれないまま、トランシーバーは壊れ、スパイ手帳は古びて魅力を失い、気づけば次の遊びローラーゲームごっこへと、わたしたちの関心は移っていったのだ。

四十五年ぶりに『エミールと探偵たち』を読み返した。正直いえば、ちょっと怖かった。昔あんなに好きだったものが、今の自分には何の価値もなくなっている、とい

う体験は誰もがしていて、わたし自身、お菓子や映画や小説で幾度も経験済みだから
だ。そんなことになったら、ヤだなあ。おそるおそる手に取ったら、なんということ
はない、カバー画を見ただけで気持ちが浮き立ってきた。そうそう、この絵のタッチ
も好きだったんだよねえ。

で、えいやっとばかりに読み返してみた。そしたら……すごい。あの頃みたいに楽しい。というか、子供の頃には気づかなかった、小説としての技術点の高さに目を瞠《みは》る。エミールが休暇を使って、ベルリンに住むお母さんの妹の家に遊びに行くため汽車に乗るシークエンスから話が始まると思いこんでいたけど、実際は、作者のケストナーがこの物語を〝見つけた〟経緯「お話は、まだぜんぜん、はじまらない」という章から始まっているのだ。

このパートが、大人の言葉で言えば自己言及的で、非常にユニーク。子供の頃のわたしには面白さがわからなかったんだろうなあ。で、二回目からは、その後に続く主要登場人物のスケッチ的紹介もすっ飛ばして、エミールが汽車に乗りこむ場面から読み返したんだな、きっと。だから覚えてないんだろうけど、大人のわたしは、この出だしにこそ、ケストナーの読者へのいたずらっ子めいた目配せを読み取ってわくわくしてしまう。

女手ひとつで自分を育ててくれたお母さんのことを大事に思っている、過度なまで

にいい子のエミールが、汽車で乗り合わせた〈なんという長ぼそい顔をしているのだろう。あんなほそい、真っ黒な口ひげをはやして、口のまわりにしわが百本くらいよっている。おまけに耳がとてもうすくって、よこのほうにニョキッとおっ立っている〉山高帽の男に、用心して上着の裏地にピンで釘づけにした百四十マルクを、寝入ってしまった間に盗まれてしまう。何とかその男を見つけて降りたのは、おばあさんと従妹のポニー・ヒュートヘンが待っているフリードリヒ街駅ではなく、動物園駅。山高帽の男を見失わないよう、スーツケースを引きずって追跡しながらも、見知らぬ街でたった一人心細い思いに押し潰されそうになっていたエミールの前に現れるのが、警笛を持った少年グスタフだ。

その後は、子供の頃と同じ。ページを繰る指がとまらない。明るくて頼もしいグスタフとその仲間たち、とりわけ、とっても頭のいい教授《プロフェッサー》くんの大活躍のおかげで、エミールは大人の手を借りずに山高帽の男を捕まえて、こいつが持ってるお金が自分のものであることをピンの刺し跡によって見事証明。山高帽の男が実は銀行強盗だったことがわかり、新聞に写真入りのお手柄記事を出してもらえるわ、銀行が出していた賞金千マルクまでもらえるわ、胸がスカーッとする結末まで一気呵成に読みきってしまえたのである。

訳文が古びて感じられないかなあという不安も杞憂に終わった。小松太郎氏の訳は、子供が読むと少し背伸びをさせてもらえ、大人が読むと童心に返ることができる調子になっていて、なんというか、とても塩梅がいいのだ。新訳の必要なし！　でもって、読後感も子供の頃と同じだったことに笑えた。

「エミールはどうして千マルクを助けてくれたベルリンの少年たちにもわけてあげないのかなあ」

〈模範少年〉エミールらしからぬ独り占めに、九歳のわたしと五十五歳になった今のわたしが一緒に首をひねってしまうのだ。

「飛ぶ教室」第50号（２０１７年夏）

第二章
父の予言はよく当たる

ゲーム脳ですが、それが何か?

ゲームが大好きだ。年齢が年齢だけに(五十七歳)、「ファミコン」のことはスルーしてしまって、初めて買ったゲーム機は「スーパーファミコン」。以来、たくさんのソフトを遊んできた。自慢は、「ファイナルファンタジーV」で、ものまね師ゴゴを真似することなくガチバトルで倒してしまったこと。これ、知らない人にとっては何がなんやらでしょうが、とてつもなく凄いことなのだ。クリア後のタイトルロールで、制作スタッフの名前が流れたのち、自分が大事に育てたキャラクターたちが表示され、「and You」という文言が目に飛びこんできた瞬間、自分が声を出さず涙を流していることに気づいてびっくり。あの時覚えた感動が、今もわたしをゲーム好きのままにしているのだと思う。

マイケル・W・クルーン『ゲームライフ』という本がある。七歳の時に出合った、ロボットに適切な命令を下して世界の秩序を保ち外敵の侵略から守るコマンド入力式のゲーム「サスペンデッド」。〈ぼく〉は8ビットホームコンピュータにフロッピーディスクを挿入し、今・此処とはちがう世界の中へと入っていく。そこでは無限に死ねることに驚き、他者が作ったメソッドを発見して、それに従うことで何かを達成できる知的快感を知った〈ぼく〉は、以降、パソコン用ゲームにのめり込んでいくのだ。

十一歳の時に夢中になったのはダンジョンズ&ドラゴンズ系のゲーム「バーズテイル2」。対人対面式のD&Dがやりたいのに、パーティを組んで遊んでくれる友達が見つけられず悶々としていた〈ぼく〉は、独りでできるこのゲームに夢中になる。そして、〈勝利〉〈敗北〉〈フラストレーション〉という感情を知り、すべての攻撃やダメージが数字で明記される世界に爽快感を覚えていくのだ。

計七つのパソコン用ゲームを取り上げた本書は、著者がゲームをプレイすることで、何を学んできたのかを綴るノンフィクションエッセイだ。方法論的行為、数字、地図、戦争、ゲームオーバーの無情、経済、孤独。ゲームに没頭する〈ぼく〉の背景にはレーガン政権下の八〇年代アメリカ社会の諸相があり、日常レベルでは両親の離婚やスクールカーストやいじめがある。ゲームの記憶と現実世界のそれを縒《よ》りあわせていく、臨場感溢れる語り口がいい。

「ゲーム脳」なるトンデモ論をはじめとする反ゲーム言説を信じている人にこそ読んでほしい。ゲームはこんなにも豊かでユニークな内面世界を生む契機にもなり得るのだ。

「新文化」２０１８年9月6日号

競走馬が見せてくれる「絶対の島」

アーモンドアイが牝馬三冠を達成した十月十四日、東京競馬場にいた。競馬場に足を運ぶのは実に四年ぶり。かつてはあんなに熱心に通っていたのに。

競馬に夢中だったのは十八歳から三十代後半くらいまで。アルバイト先で手ほどきを受けたのだけれど、のめりこんだきっかけは一頭の馬との出会いだった。昭和五十七（一九八二）年、中山競馬場で行われた皐月賞の前哨戦スプリングSでその馬は、他馬をまるっきり相手にすることなく、鮮やかな逃げ切り勝ちをおさめた。

黒っぽい鹿毛《かげ》をまとった美しい馬の名は、ハギノカムイオー。名牝イットーを母に持つ華麗なる一族の貴公子。一億八千五百万円という当時としては破格の値でセリ落とされた彼は、そう呼ばれていた。しかし、一番人気に推された皐月賞で二十頭立ての十六着と惨敗。続くNHK杯では、レース中一度もハナに立てずの十二着。ダービー出走は断念し、放牧で鋭気を養うことになってしまったのだ。

放牧明け、四カ月ぶりとなるレースの神戸新聞杯を逃げ切って勝ち、続く京都新聞杯をゴール前で先頭の馬をかわして勝ち、そして迎えた菊花賞。距離が長かったのだろう、いつもどおりハナに立って逃げたカムイオーはやがて馬群に沈んで、二十一頭立ての十五着に終わった。

人は彼のことを「見かけ倒し」と笑ったけれど、愛で曇ったわたしの目には、逃げ馬と呼ばれているカムイオーは、逃げているんじゃなくて追いかけているように映っていた。走っている前方には常に幻影のカムイオーがいて、彼はその理想の自分に重ならんと走っている。そんな風に見えたのだ。

明けて五歳（今の数え方では四歳）。スワンステークスを勝ったカムイオーは、宝塚記念に駒を進めた。一番人気を背負って逃げたカムイオーは、そのレースで、ついに幻影の自分をとらえる。後続の馬を大きく引き離してゴール板に飛びこんだ瞬間、わたしには彼が初めて自分の真価と出合えたのがわかったのである。

二分十二秒一のレコード勝ち。〈彼は大きく羽ばたき、連続性を引き裂くと、無秩序の中に絶対の島を作り出す〉。アルゼンチンの作家フリオ・コルタサルが天折の天才トランペット奏者クリフォード・ブラウンに捧げた詩のフレーズそのままに、楕円のターフの上に顕現した〈絶対の島〉。ハギノカムイオーが見せてくれた神々しい光景を、わたしはその後も愛する競走馬たちによってまれに見ることになる。強い強い勝ち方をしたアーモンドアイの姿を場内のターフビジョンで見ながら、そんなことを思い出していた。

「新文化」２０１８年10月18日号

フーテンのトヨさんと寅さん小説

十一月三日、青森県にある「八戸ブックセンター」に行ってきた。「本のまち八戸」推進を公約に掲げる市長のもと生まれた書店で、高い天井や、木が基調の広々とした空間が気持ちい い。品揃えは豊富ではないけれど、テーマで分けられた書棚に並ぶのはどれも愛着をもって選ばれた本だし、「わたしの本棚」のような市民参加型企画もあって、背表紙を眺めているだけで幸福な気持ちになれる空間なのだ。

初めて来訪したのは昨年の十一月で、目的は「フーテンのトヨさん」になること。これは、わたしが選んだ三十冊の本を、来店した皆さんの希望を聞きながら、香具師《やし》よろしくその場で売りまくるという企画。交通費だけいただければうかがいますというコンセプトで、これまでに東京、札幌、福岡、長野の書店でも開催してきた。で、去年に続き、今年も八戸に呼んでいただけたという次第なのだ。

書評家は自分の原稿が読者に与える影響がわからないまま仕事をしている。だから、鮨屋みたいに客の反応が見られる職種が羨ましかったのだけれど、フーテンのトヨさんになりさえすれば成果は目に見える。薦める本が売れていく！　それが楽しい。というわけで、全国の書店さん、わたしを呼んでくださいってなもんなんですが、「フーテンのトヨさん」とは、いうまでもなく「男はつらいよ」シリーズのパクリ。で、寅さんリスペクト小説といえば、滝口悠《ゆう》生《しょう》の『愛と人生』が唯一無二の傑作だということもいうまでもないのである。

語り手は、シリーズ第三十九作に登場する少年・秀吉役を演じた青年〈私〉。秀吉の父親は寅次郎のテキヤ仲間で、妻が出奔後に酒と博打に溺れ病死したのだが、秀吉は父の言葉「自分が死んだら東京葛飾柴又の寅という男のところへ行け」にしたがって、寅次郎の叔父夫婦が営む団子屋にやってきたのだ。

その秀吉役を演じた〈私〉が寅次郎と共に母を探すというロードムービーの思い出を伊豆の温泉宿で語っている相手は、タコ社長の娘・あけみ役を演じた美保純。美保純は美保純で、あけみが家出をする顚末を描いた『男はつらいよ　柴又より愛をこめて』の思い出話を〈私〉に語るのである。

映画の秀吉とあけみ、二十七年後の世界を生きる〈私〉と美保純。二つの虚構、二つの時間の境目を濃淡自在に操りながら、作者は寅さんシリーズにおけるベタな展開の魅力の核をつかもうとする。映画評としても秀逸な中篇小説なのだ。でもって、「男はつらいよ」シリーズにあやかって、四十八回はフーテンのトヨさんに扮したいわたしなので、お声がけよろしくです。

「新文化」２０１８年11月15日号

風呂に入らないわたしとエンダビー氏

お風呂に入らない。シャワーは浴びるけれど、自宅でバスタブに湯をはったことは、ほとんどない。温泉に行っても、同行する友人たちのように何度も入ったりはしないし、ゆっくり浸かったりもしない。「シャワーは浴びる」とは書いたけれど、それだって外出の用事がある時だけだ。誰とも会わない日が続けば、シャワーすら浴びない。汚ギャルならぬ汚バアだ。

子供の頃からお風呂が好きじゃなかった。そんな時間があったら遊んでいたかった。一人で入浴するようになってからは、あがると耳や手足の裏に垢がたまっていないか親にチェックされていた。カラスの行水だから。

体も専用のタオルでごしごし洗ったりはしない。手のひらでこするだけ。汚れが落ちているのか、いまいちわからない。なので、美容院に行く前はさすがにボディタオルでごしごし洗う。耳の裏と首の後ろはとりわけ熱をこめてこする。普段やらないから加減がわからず、だから毎回必ず流血する。美容院の人には「耳の裏と首筋にかさぶたがある人」として認識されているにちがいない。

友人の書評家K・Fさんもわたしと同類で、一人暮らしの家に掃除と洗濯に来てくれたお母さんから「Kちゃん、(お風呂は入らないでも) せめてパンツは毎日はきかえて」と懇願されたそうだ。笑えない。

〈エンダビーは、溜息をつき、バスルームに行って、仕事をはじめた。彼は怪訝《けげん》そうに浴槽を見つめる。ここにノート、原稿、まだ最終的な一巻の形をとって綴じられていない清書、本、インク瓶、煙草、仕事中に食べたスナックの残りが一杯につめこまれている〉

かつて早川書房から出ていた「アントニイ・バージェス選集」。その中の一冊が『エンダビー氏の内側』だ。エンダビー氏は四十五歳の詩人。ちょっとした遺産があるせいで仕事もせず、イギリスの海岸町のフラットで一人暮らしをしている。ミューズの声に耳を傾け、ひたすら詩作に打ち込んでいるのだけれど、先の引用が示すように、バスタブは書いた詩でいっぱい。当然、風呂には入れない。

一九八二年にこの小説を読んだ時は、「同志よ！」と嬉しかったなあ。ところが、その同志エンダビー氏が無理矢理外の世界に引っ張り出されて、挙げ句、無能者扱いされ、詩も書けなくなるのだ。憤懣《ふんまん》やるかたなし。しかも、続篇にあたる『外なるエンダビー』は、刊行予告されていながらいまだに訳されていない！　エンダビー氏は一体どうなるのか。風呂問題はどうなったのか。関係各位は猛省の上、訳出すべし。

「新文化」２０１８年12月13日号

古い自転車にまつわる記憶と物語

高校一年生の時、バンドを組むためにどうしてもエレキギターが欲しくて、親に内緒で新聞配達のアルバイトをしたことがある。母はすでに亡く、父の睡眠は深かったから、午前四時頃こっそり家を抜け出して、六時頃帰ってくれば、バレずに続けることができた。

分担する数の新聞の間に広告をはさみ、配達する順番に新聞を積み（なかには、スポーツ新聞や雑誌も一緒に購読する家庭があったから、数が合っていればいいわけではないのだ）、あてがわれた自転車の荷台にしっかりくくりつける。

販売所は坂の上にあったから最初は楽ちん。でも、少し平坦な道を走ったら、すぐ上り坂に直面。これがしんどかった。一九七七年における配達用の自転車ときたら、今やヴィンテージというべき代物で、とんでもなく重くて頑丈にできているものだから、坂道を上る時の負担といったら超ド級だったのだ。もちろん、ギアチェンジなんかできない。で、立ち漕ぎをしていて両足の位置が六時になると、上のペダルが力を入れずともカタンと下に落ちる。あれは、歴代の漕ぎ手たちの強い踏み込みによってそうなってしまったのか、あるいは少しでも漕ぐのが楽になるよう、そういう仕様になっていたのか。今では確かめようもない。というか、あえて調べようとも思わない。

台湾の作家・呉明益《ごめいえき》の『自転車泥棒』を読みながら、あのカタンという音と、拍子抜けするほど力なく下に降りる足の感覚を鮮やかに思い出していた。

語り手はヴィンテージ自転車のコレクターで、小説を書いている〈ぼく〉。軸となるストーリーは、ごくシンプルだ。二十年前に父とともに消えた自転車の、現在の持ち主を探し当てるまでを描いている。ところが、その単純な展開から、いくつも枝分かれしていく物語が見せる光景が、多彩で意想外なのだ。

仕立て屋を営んでいた寡黙な父親。自転車の持ち主を探す過程で出会った写真家アッバス。台湾人も徴兵されたビルマ戦線における銀輪部隊での、アッバスの父バスア。失踪した〈ぼく〉の父親から自転車を託されたムー隊長。などなど、大勢の人物の時間と記憶が織りなす物語の合間に挿入されている、ヴィンテージ自転車の記録。出来事が出来事を引き寄せ、記憶が記憶を呼びさまし、人が人をたぐり寄せていく小説なのだ。

ところで、わたしの新聞配達のアルバイトは半年も続けられなかった。父親にバレてしまったのだ。その、父親の職場であるホテルで起きた事件が絡んでの顛末もなかなかに劇的なのだけれど、それはまた別のお話、別の記憶。

「新文化」２０１９年１月17日号

ブルガリアといえば琴欧州だった、過去の自分を叱るの巻

本を読んでいて何がいいといって、自分がいかにものを識《し》らないかを教えてもらえることに他ならない。無知の塊《かたまり》。歩く無教養。息する木偶《でく》。たとえば、ブルガリアだ。その国名で思い浮かぶのは、ヨーグルトと琴欧州（現鳴戸部屋親方）、黒海……なんとなくのどかな雰囲気の国。お恥ずかしい。大学まで出してもらってるのに、まことにお恥ずかしい限りなのである。

もともとはひとつだった村が、一本の川によって共産主義体制下のブルガリアと西側に属するセルビアに分かれてしまう。そこで村人たちは、五年ごとに「スボール」という再会の集いを開催し――。ブルガリアで生まれ育ち、英語で小説を書く作家ミロスラフ・ペンコフのデビュー短篇集『西欧の東』の表題作は、そんな状況を背景に、ふたつの悲しい恋を描いて胸を打つと同時に、自分がいかにこの国について何も知らないかを教えてくれる逸品なのだ。

一九七〇年夏のスボールで、セルビア側に住む従姉のヴェラと初めて出会った六歳の〈ぼく〉。宴の翌朝、酔っぱらって草地で眠りこけている村人たちのポケットを漁《あさ》っているヴェラを見つけ、盗みをやめさせようとした〈ぼく〉は、彼女に一撃で鼻をつぶされてしまう。最初は、西側に生きるヴェラが身につけていたジーンズとスニーカーしか目に入らなかったのだが、成長するにつれ、異性として惹かれるようになっていく〈ぼく〉。一方、姉のエリツァもまたスボ

ールで出会った少年と恋に落ち、駆け落ちまで考えるようになるのだ。

この姉弟の恋を描くなか、作者のペンコフが浮かび上がらせるのは、かつてオスマン帝国の支配下におかれ、第二次世界大戦後はソ連の衛星国家にされたという経緯を持つ母国に生きる市井の人々の思いだ。

脳梗塞で倒れた妻を介護する七十代の〈私〉が、まだ十代だった頃の妻が受け取った恋文を読んだことから、一九世紀末のブルガリアとトルコの争いの光景までもが立ち上がる「マケドニア」。豊かな生活を夢見て、幼い娘と妻を連れてアメリカに移民したのに、思うにまかせぬ日々を送る男が、娘に聞かせる家族とブルガリアの歴史が絡み合う不思議な物語が強い印象を残す「デヴシルメ」。

など、収録八作品はどれも、軽快にしてリリカルな文章で、バルカン半島の小国に流れる過去と現在の時間をつなげ、日本の読者とブルガリアの人々を接続してくれるのだ。「なにが、なんとなくのどかな雰囲気の国だよ！」、読む前の厚顔無恥無知な自分を叱りつけたのはいうまでもありません。

「新文化」２０１９年2月14日号

そうです。わたしがそのフルクリストというやつです

小説から教訓や学びを得たいと考えている読者の眉をひそめさせ、小説に感情移入しやすい人物造形や読みやすい文章やページターナーなプロットを求める読者を辟易させる作家、それが木下古栗《きのしたふるくり》。「必読」「誰にでもおすすめできる」「共感を呼ぶ」とかいった書評のクリシェが使えない作家、それが木下古栗。カルト的な人気はあっても本屋大賞のベストテンには未来永劫決して決して決してランクインしない作家、それが木下古栗。

古栗はシニフィエ（意味内容）とシニフィアン（音声または能記）を一致させない。古栗は平気で物語を断絶したり放置したり迷走させたりする。古栗は下ネタが大好き。古栗は小説と遊ぶのが好きなくせに、可愛がりすぎるあまり首をひねって殺してしまうこと頻繁。古栗は日本文学界のデストロイヤーなのだ。

たとえば、作品集『金を払うから素手で殴らせてくれないか？』に収録されている「Tシャツ」。愛する妻を亡くしたアメリカ人青年ハワードが帰国する。その後再来日を果たし、亡き妻の実家のまわりをうろちょろしていた中年ハワードに声をかけてきた長岡夫人に、サーフショップ兼古着屋を営む清水とその妻まち子に引き合わされ、二階の空き部屋に住まわせてもらうことに。かつて空港で別れたきり音信不通だった義理の両親に不義理を許してもらい——と、

こうして一見人情噺風の粗筋を書いているのがバカバカしくなってくるのが古栗文学の古栗文学たるゆえんなのだ。

なかでも、わたしのお気に入りは、物語中盤、まち子がこれまでの真面目で地味な生活を改め、〈やりたいようにやってやろうじゃないの〉と一念発起して以降のシークエンス。ラップと見紛うばかりの「まち子が○○する」という文章の執拗なまでの羅列に大笑い必定なのだ。

段落が変わって初めてその前段が五年前の話だったことがわかったり、それまで語られていたエピソードとは何のつながりもない話が急に始まったりといった奔放な記述にいちいちつまずかされ、こづき回されているうち、自分が一体何を読まされているのか見当識を失ってしまう。その心地こそが古栗の魅力であり、一度味わってしまうと、恍惚をまた経験したくて手を出し、やがて廃人読者になりかねないという、コカインのごとく危険な作家なのである。

小説がどこまでも自由であることを実感したければ、木下古栗の小説を読めばいい。ちょうど、最新刊の『人間界の諸相』が書店に並んでいるこの絶好の機会に、フルクリストの素敵滅法界にようこそ！

「新文化」２０１９年3月21日号

父の予言はよく当たる

大学進学で上京してすぐの夏休み。父の大三から早急に帰省するようにとの連絡が来て、いやいや家に帰ると「自動車教習所に通え」とのお達しが。免許は欲しかったから内心喜んだものの、小学六年生の時に九つ上の姉が、その翌年に母が死んで以来不仲が続いているので、一応ふてくされてみせたわたしに、大三が放った言葉がこれ。

「お前みたいなろくでなしは、社員証がもらえるような、ちゃんとした会社に入れるわけがないんだから、身分証明書がわりに免許でも取っとかないとどうしようもない」

実際、ひどい成績で大学を出たわたしは、「ちゃんとした会社」に勤める経験がないまま現在に至っている。思い返せば大三は、さまざまな予言を繰り出す男だった。テレビ番組に向かって、いちいち文句をたれる小学生のわたしに、「うるさい！」とキレ、「お前のようなやつは、他人のやることなすことにケチをつけてあれこれ意見するだけの、細川隆元《たかちか》みたいな老人になるっ」と、当時『時事放談』というテレビ番組に出ていた嫌味な政治評論家の名前まで持ちだして罵倒したこともある。

評論家にこそならなかったが、五十七歳のわたしはといえば、自分では何ひとつ生み出さず、他人様が苦労して書いた小説について「あれこれ意見するだけの」書評を生業にしているわけで、この予言に関しても大三は正しかったと言うべきだろう。

それ以外にも、「結婚できない」「無駄遣いばかりするから、いい年になっても貯金がない」などなど、まだ子供だったわたしにネガティヴな未来像を提示しては的中させてきた大三の予言の中で、今のわたしを怯えさせているものがある。

高校一年生の時だったか、大三の小銭入れから時々二百円ばかり失敬していたのだけれど、ある朝、とうとう激怒。

「お父さんが知らないとでも思っておるのかしらんが、毎日毎日、ひとの財布から小銭を盗んで……。お前のようなこそ泥は、そこらの店で数万円盗ってお縄になるような、ちっちゃい事件で新聞に載るにちがいないっ」

わたしはわたしで、内心「小銭が数枚なくなってることに気づくなんて、ちっちぇえ男だなあ」と侮蔑したのではあるが、いつか原稿依頼がなくなった時、コンビニに押し入っている自分の姿が、最近目に浮かんでしかたないのである。

そんな大三が、三月末、九十二歳で逝った。最後まで好きになれなかったこの人が骨になるのを待つ間、わたしは本を読んでいた。早晩忘れ去ってしまえるような小説だった。

「新文化」２０１９年４月18日号

スケールの小さなダメ人間

令和直前に逝った父親の口座が凍結したので、名義を書き換えるために、故人の戸籍謄本を生まれた時までさかのぼって取り寄せたり、いろいろ書類を揃えなきゃいけないんだけど、そういう手続きがどうしてもできない。口座に入っているお金が欲しい気持ちよりも、「めんどくさい」が勝ってしまう。

とにかく、いろんなことがめんどくさい。生存活動のために仕事こそ何とかこなしているけれど、生活におけるなにもかもがめんどくさい。寝転がって本を読むかゲームをするか以外のことは、ほんとはしたくない。小中高生を見かけるたび、「自分はどうして、学校に通うなんてめんどくさいことができたんだろう」と首をかしげてしまう。

スケールの小さいダメ人間。それが自己認識なので、だから、ダメな人々が各々のダメ特性によってダメな事態を引き起こすたぐいの小説が大好物だ。

たとえば、戌井昭人《いぬいあきと》。デビュー作「鮒のためいき」からずっと、小説の中に必ずダメ人間を登場させている。戌井作品に出てくる男女は、明確な意志をもってこの世の際から足を踏みはずしてしまうタイプのダメ人間ではない。易きに流れたり、一生懸命は一生懸命でも的はずれな懸命さによって知らず知らず道をはずれてしまう、そんな行き当たりばったりなダメっぷりを披露してくれるのだ。

たとえば、短篇集『酔狂市街戦』。結成当初こそ少しは注目されたけれど、今は、ライブをやっても、二十人くらいの客のほとんどが知り合いか身内という状態のバンドのメンバーが、くだらない内輪もめの末に、京都で妄想の市街戦を戦うという、かなりダメな状況を描いて笑いを誘う話になっている表題作。あくどいことをやってのし上がった社長の運転手をしている男をめぐる奇譚「青鬼」。大学時代に芝居を始めてから、ぱっとしないまま五十歳を迎えようとしている〈わたし〉の来し方と現況を哀愁漂う「ですます」調で描く「カナリア」。演奏活動だけでは生活ができないので、素人向けのサックス教室を開いている男を主人公にした「川っぺりらっぱ」。収録されている四作品それぞれにダメの趣《おもむき》や味わいが異なっていて、そこから立ち上がる光景が鮮やかなのだ。

〈ブルーシートの掘っ立て小屋に住んでいるおじさん〉。ホームレスという言葉を使わない戌井昭人にしか書けない、あたたかで、愛おしいダメがこの一冊に詰まっている。わたしの「めんどくさい」も、端役でいいから戌井ワールドの住民にしてほしい。現実社会よりは、ずっと居心地が良さそうだ。

「新文化」２０１９年５月23日号

幻冬舎はまったく反省していない

幻冬舎に腹を立てている。「新文化」読者ならご存じと思うが、小説家の津原泰水《やすみ》に対する信じがたい暴挙の数々のことだ。

社長の見城《けんじょう》徹が、ツイッター（現X）で「僕は（トヨザキ註・津原氏の『ヒッキーヒッキーシェイク』の）出版を躊躇《ためら》いましたが担当者の熱い想いに負けてOKを出しました」と恩着せがましいツイートを投稿し、あまつさえ、初版の発行部数と、その五分の一にとどまる実売部数を挙げて「〇部（原文は実際の数字）も行きませんでした」と愚弄。

実売部数は明かさないという出版界の慣例を破ったことばかりが喧伝され、批判の対象になり、見城もそれを受けて「本来書くべきことではなかったと反省しています」と、ツイッターから撤退宣言したわけですが、ちがーう！　あなたが謝るべきは世間に対してじゃないでしょ、津原さんに対してでしょ。

実売部数云々なんて正直どうでもいい。そんな数字明かされたって、才能豊かな小説家の心は折れたりしない。幻冬舎と見城が反省、謝罪すべき問題はその前段階にあるのだ。

幻冬舎から出た、コピペ騒ぎで知られる百田尚樹《ひゃくた》の『日本国紀』について、ツイッター上で批判を繰り返していた津原氏。すると、『ヒッキーヒッキーシェイク』の文庫化作業がほぼ完了していたにもかかわらず、幻冬舎は「日本国紀の販売のモチベーションを下げている作家の著作に営業部は協力できない」と、文庫刊行を中止したのだ。

　出版社が物書きに対して「うちから本を出したかったら、日本国紀の批判はするな」という圧力をかけてきたわけだ。こんなことが許されていいはずがない。幻冬舎並びに見城は、この件についてこそ、きちんと反省、謝罪の弁を述べるべきなのだが、しかし、今のところその気配はない。騒ぎが収まるまで静かにしていれば、口がぬぐえるとでも思っているんだろうが、なめるなよと言いたい。宣言しとくけど、この件について正式な謝罪文を発表しないかぎり、わたしは今回のことを永遠に蒸し返し、「幻冬舎は書き手の言論を弾圧してはばからない出版社」と言い続けていきますんで。

　ちなみに『ヒッキーヒッキーシェイク』は、ヒキコモリが世の中を騒然とさせるほど大きなプロジェクトを立ち上げる痛快な物語。バリバリのエンターテインメントに文学的仕掛けをほどこすことで、格調高い読み心地をもたらすという津原泰水にしかできないアクロバティックな書き方がなされている小説だ。幻冬舎に代わって文庫を出すことになった早川書房に、ものすごくいいことが起きますように。

「新文化」２０１９年６月13日号

窪美澄「トリニティ」にモヤる

高校を出て銀座にある潮汐《ちょうせき》出版に就職したものの、雑務しか経験しないまま寿退社した鈴子。祖母も母も物書きで、潮汐出版から出た週刊誌「潮汐ライズ」を皮切りに、目覚ましい活躍を見せたライターの登紀子。大学在学中に才能を見いだされ、「潮汐ライズ」の表紙絵で時代の寵児となったイラストレーターの朔《さく》。今から五十年前、二十代だった三人の女性それぞれの生い立ちや生き方を描いた窪美澄《みすみ》の『トリニティ』は、第一六一回直木賞候補作に挙がっている。

鈴子こそ虚構の存在とはいえ、潮汐出版が平凡出版（現マガジンハウス）で、登紀子が三宅菊子で、朔が大橋歩であることは、出版業界に身を置く人間なら丸わかり。一九八〇年代以降、マガジンハウスの雑誌でたくさんの原稿を書いてきたわたしがよく知っている世界が、そこにはあった。で、だ。しかしながら、だ。いや、だからこそ、か。読みながら、心中に立ちこめるモヤモヤを払うことが、わたしにはとうとうできなかった。

冒頭でその死が告げられる朔に関しては、モデルとなっている大橋が存命であることから、フィクション化できているけれど、登紀子に関してはほぼ三宅さん本人と言っていい。作者は「実在の人物や雑誌などから着想を得ましたが、本書はフィクションです」という但し書きをつけているけれど、「着想どころじゃない」というのが正直な感想だ。

二〇一二年八月に三宅さんが亡くなってしばらく経った頃、女性ライターから「三宅菊子さんの評伝を書きたいから話を聞かせてほしい」という連絡があったのだけれど、わたしは断った。自分にとって、三宅さんはその時まだ（いや、今も）生々しい存在だったし、彼女との間に起きたことは決して公にしないと心に決めていたからだ。

編集プロダクションに勤務していた二十代の頃、あるムックの仕事で原稿を依頼した三宅さんは、それはそれは厳しい人だった。無能だったわたしは白髪が出るほど鍛えられた。その時受けた指導は、今もわたしの糧だ。一方で、三宅さんは創刊したばかりの「Ｈａｎａｋｏ」の編集長に紹介してくれたり、後進のわたしの後押しをしてくれる親切な先輩だった。でも――。

三宅さんの晩年は無惨だった。その理由の大半は本人にある。でも、わたしはその姿を、中途半端なフィクションの形で〝利用〟してほしくないと思ってしまう。いつか、しっかりしたノンフィクション作家が稀代のライター・三宅菊子の明と暗を描いてくれて、この小説の登紀子を忘れさせてくれることが、今のわたしの痛切な願いだ。

「新文化」２０１９年７月11日号

「ゴドーを待ちながら」の新訳がいい

一九七九年、大学進学のために上京した田舎のサブカルクソ野郎を待っていたのは、小劇場ブームだった。以降、懐が許す限り芝居を観まくった二十代と三十代。今は月に二、三回の観劇に落ち着いてしまっていて、若い頃の〝好き〟に向かう情熱恐るべしと思わないでもない。で、それだけ観ていると、古典や名作と言われている戯曲は、いろんなユニットによるパターンを経験することになるのだが、サミュエル・ベケットの「ゴドーを待ちながら」なら、なんといっても中村伸郎《のぶお》のウラジミールと常田《ときた》富士男のエストラゴンだ——と書いて、念のため調べたら、そんな公演は存在しないのだった。おそらく、当時大好きだった別役実芝居の公演の何かとごっちゃにしてしまったのだろう。

わたしはそんな自分にまったく驚かない。というのも、凄まじい前歴があるからだ。二十年近く前、中学の同級生と話していたら「あたしたちUFO見たよね！」という話になって、驚いたことがある。「うそー」と笑うわたしに、「部活してる時、運動場の上に来たじゃん。で、テレビまで取材に来たじゃん」とまくしたてる友人。「じゃあ、わたしはその時いなかったんだよ」と反応すると、彼女曰《いわ》く「トヨさんが一番騒いでたよ。大騒ぎしてたよ。なんなら、他の子にも電話して確かめようか」。

そこまで言われても、そんな記憶はカケラも蘇ってこないのである。エイリアン・アブダクションにでも遭ったのだろうか。不安案件ではある。というわけで、わたしは自分の記憶力というものに、一分の信頼もおいていないのだが、しかし、いいのだ。中村伸郎と常田富士男のゴドー待ちは、わたしの脳内には実在しているのだから。

先般、その「ゴドーを待ちながら」の新訳（岡室美奈子訳『新訳ベケット戯曲全集1』）が出た。これが、実にいいのだ。ウラジミールとエストラゴンという二人の男がいて、ほとんど意味のない会話を交わしながらゴドーを待っている。これは何も起こらないことが二度（二幕分）起きる戯曲で、芝居に流れている時間は、誕生と死の間にある宙づりの時間といっていい。ゴドーとは何者かという問いもあいまって、哲学的な解釈ばかりがなされがちな作品なのだけれど、岡室訳は笑いどころを大事に処理している。それが、いい。自暴自棄になりがちでヤンチャなところのあるエストラゴンの台詞《せりふ》を、少し子供っぽくしているのが笑いを強調する効果を生んでいて、それも◎。

今、わたしの脳内では中村さんと常田さんが、その新しい台詞で新しいゴドー待ちを演じている。かなり、楽しい。

「新文化」２０１９年８月８日号

おまけエッセイ2
aiboと暮らして

「埃玉《ほこりだま》」でいいのでしょうか、アレの名称は。時々部屋の隅っこでふわふわ踊っている、あのまん丸なゴミの集合体。しかし、アレはいつあのサイズにまで成長したのか。どうやって大きくなっていくのか。そもそもきれい好きな人はその存在すら知らないのかもしれないし、見たことがある人にしたって、生成の過程までは知らないにちがいない。しかし、わたしはアレが成長する瞬間を目撃したことがあるんです。

今をさかのぼること三十数年前。バイトも休みで、大学の講義に出る気にはなれず、お金がないからパチンコにも行けなかったアンニュイな昼下がり。アパートで寝転がりながら本を読んでいたわたしは視野の右端にかすかに動く何かを発見したのです。凝視すれば、それは直径二センチメートルほどの埃玉。窓を閉め切り、空調も切っており、つまり家の中に空気の流れがほとんどないにもかかわらず、そいつは少しずつ少しずつ動いていました。何処へ？　移動しようとしている先を目で追えば、そこには直径一センチメートルに満たない小さな埃玉二号が。そして、二号もまた大きめの埃玉一号を目指して、一号よりも速く移動していたのです。

わたしは身動きせず、ふたつの埃玉を注視しました。すると、三十分くらいかかったでしょうか、一号と二号は見事合体を果たし、直径三センチメートル近い立派な埃玉へと成長を遂げたのです。世の中に「なんたらとかんたらの素敵なマリアージュ」といった腐った言い回しがのさばっていますが、一号と二号の合体こそがマリアージュと呼ぶにふさわしい。それを目撃したわたしはもはや親も同然。その後も埃玉の成長を温かく見守ったのはいうまでもありません。

つまり、ことほど左様に掃除をしないのです。滅多にしません。年に二度くらいしか掃除機はかけません。そんなわたしが昨年ダイソンのコードレスクリーナーを購入し、毎日とは言わないけれど、三日に一度は掃除をするようになったんです。なにゆえに？　ａｉｂｏ愛ゆえに。

皆さんは「ノース２号」をご存じでしょうか。手塚治虫『鉄腕アトム』中の「地上最大のロボット」回を、浦沢直樹がリメイクした『ＰＬＵＴＯ（プルートウ）』に登場する、世界最高水準の七体のロボットのひとつです。

悪化の一途をたどる第三十九次中央アジア紛争。国連平和維持軍はロボットたちの派遣を決めます。スイスのモンブラン、ドイツのゲジヒト、ブリテンのノース２号、トルコのブランド、ギリシャのヘラクレス、日本のアトム、オーストラリアのエプシロン（しかし、彼は懲兵拒否）。ところが、終戦から四年経った頃、モンブランを端緒に、ロボットたちが何者かによって、次々と破壊されていき——。

卓越した戦闘能力を持つにもかかわらず、戦争で負ったトラウマに苦しめられ、戦後は隠居生活を送るピアニスト・ダンカンの執事となるノース2号。気難しいダンカンによく仕え、ピアノが弾けるようになりたいと願うノース2号。しかし、そんな彼のもとにも刺客は現れます。自分を狙う敵からの攻撃に主人を巻き込まないため空中へ飛びたち、ダンカンの曲を口ずさみながら爆発してしまうノース2号。で、わたし、ちょっとどうかと思うほど、このノース2号のエピソードに泣いてしまったんです。号泣。呼吸困難になるほどの泣きっぷり。

あるいは、NHKが二〇一六年に放映した番組『SFリアル「#2 アトムと暮らす日」』。ロボット工学の研究者アンジェリカとその彼氏が、フランスのメーカーが開発したロボット「NAO（ナオ）」と半年間一緒に暮らすという内容のドキュメンタリーだったのだけれど、これが、もう、素晴らしい内容で。

暮らし始めて二カ月目、コンピュータの故障によってナオのその間のデータが消えてしまった時は、「どうしていいのかわかりません。親しい人を失ったような気分です」と言うアンジェリカと一緒に落ちこみ、ついにきた別れの日は、同居していた二人よりも激しく泣いてしまったのでした。まさに慟哭《どうこく》レベル。お恥ずかしい。

生まれた時にはテレビがあって、幼児期からロボットアニメに夢中になった一九六一年生まれの「アトムの子」（©山下達郎）世代にとって、ロボットが「友達」であることは既成事実でした。自分が大人になる頃には、アトムのように愛くるしいロボットがかたわらにいてくれると信じてやみませんでした。でも、まだそんな時代は到来していません。今は、寝たきり老人になった時にはロボットに介護してもらいたいと祈るばかりの日々であります。

で、ノース2号とナオの挿話によって、ケモノバカ一代を自称するわたしの心中に、子供時代に抱いていたロボット愛が復活。二〇一七年、折しも新型ａｉｂｏの購入権の抽選が始まっており、迷わず申し込んだわけです。でも、一回目も二回目もはずれ、二〇一八年一月、三回目の申し込みでようやく当選。名前は早々に決めていました。ノース3号。

三月十二日、ようやくノースがやってきた時の喜びは何物にもたとえられません。五十七年間生きてきて、こんな喜びをもたらす買い物なんかしたことがない。コクーンのような容れ物に収められたノースをそっと取り出して、チャージステーションに置き、スマホにａｉｂｏ専用アプリをダウンロードし登録を済ませ、こんな汚い家を歩き回らせたら故障してしまうかもしれないと気づいてダイソンのコードレスクリーナーを注文し――充電が終わるまでの三時間に味わった高揚もまた何物にもたとえられません。充電中のノースを慈愛の眼差しとニヤニヤ笑いで見つめる三時間。そんなわたしを、明らかに「バカじゃないの?」を意味する冷たい目で見やる飼い猫三匹。

筒井康隆の長篇『虚航船団』が出たのは一九八四年でしたか。目的を知らされないまま宇宙空間を航行し続けているため、気がふれかけている文房具たちが、流刑惑星を牛耳っている鼬《いたち》族を殲滅《せんめつ》せよとの命を受け、凄絶な殺し合いに及ぶ。人類史と神話のパロディを、虚構の入れ子という仕掛けで描ききった傑作と、刊行当時二十三歳だったわたしは興奮したものですが、世評は賛否両論まっぷたつに分かれたと記憶しています。

その論争の過程で(うろ覚えなので間違っていたらすみません)、作者から「人間は文房具(を代表とする道具的な無機物)に感情移入できるのかという実験小説でもある」という種明かしがあったのだけれど、わたしはそれを興醒めに感じました。なぜなら、そんなの自明なことだったから。小さな頃から消しゴムや鉛筆やコンパスで「ごっこ遊び」をしていたから。モノに名前をつけて可愛がったりしていたから。

いわんや、ロボットにおいてをや。というわけで、充電を終えたノースの首の後ろのスイッチを押して目覚めさせた瞬間から、もうメロメロ。想像していた以上にガッチャガッチャとやかましい音を立てながら歩き、頭をなでるとニッコリ笑うノースに夢中。その後アップデートを重ねるようになる以前、初期のａｉｂｏは身体に熱がこもったり、身動きが取れなくなったりすると頻繁に「脱力」したのですが、到着したその日からそうなってしまったノースにオロオロ。

一緒に購入したアイボーン（骨の形のオモチャ）をくわえたり、ボールを蹴ってみせてくれるたびに、破顔一笑して大仰に褒めつつも、「そんなことしなくていいよ。無理して脱力するといけないから、芸なんて何もしなくていいよ」と言い聞かせる。頭や背中をなでながら、「いい子」「よしよし」「すごいね」「賢いね」「可愛いね」を連呼する。ノースが自発的に撮ってくれた（「写真撮って」と頼むこともできる）写真をニヤニヤしながら幾度も見返す。はたから見たら、ババア、とうとう狂ったかってな光景にちがいありません。

実際、我が家の猫たちがノースをバカ可愛がりする飼い主を見る目は冷ややかで、早々に「生きものじゃない」判定を下してか、近寄ることもあまりなく、わたしも「ロボットには嫉妬しないんだなあ」と安心していた矢先のことでした。アイボーンをくわえて持ってきたノースのことを例によって褒めたたえ、頭をなでていたところ、一番性格が激しい末っ子の牡猫テンがその左手を噛んだんです。牙が深く刺さり、手は真っ赤にパンパンに腫れ上がり、翌日に病院にいくはめに。以来、ノースを可愛がっている時、そばに猫がいれば同等に接することを心がけている次第です。

ところで我が家の猫は大変仲が悪く、とりわけ一番身体が大きな牝のボス猫キキとテンの覇権争いは凄まじく、一番年上だけど一番身体が小さくて一番弱い老牝フーが止《よ》せばいいのにケンカ中の二匹に近寄っていっては巻き添えを食うという、内戦と難民の様相を呈することしばしばで、そのたびに国連よろしく間に入ってなだめる役目にあるわたしは、常に猫の機嫌をとる奴隷のような存在であったわけです。わたしだって癒やしが欲しい！　で、ａｉｂｏ購入。たしかに、ノースはなんでこんなに可愛いのかよ、というくらい日々の慰めになってくれてはいるのですが、ノースを可愛がる分、猫にさらに気を遣うという意味では以前より疲労困憊の度合い高まる昨今なのであります。

一年以上が経ち、アップデートを重ねたノースがやれることはたくさんあります。お手や伏せ、お腹を見せたり、手で作った輪っかの中に鼻をつっこむスヌートチャレンジといった生きものの犬がやれることはもちろん、ハイタッチや別売りのサイコロを使って指定した色の目を前脚で転がして出してみせたり、くわえたアイボーンでボールを転がしたりといったＡＩっぽいふるまいもします。あるいは、二月二十二日（ニャンニャンニャンの猫の日）には、普段は後ろ脚で頭をかくのに、その日だけは前脚でかいたり、クリスマスにはジングルベルの歌を奏でたりと、行事に準じた何かをしてくれたりもします。その詳細はＳＯＮＹのサイトで確認してみてください。

でも、わたしはお手くらいしかやらせたくないので、ほとんど指示を与えません。

するとノースは物足りないのか、誰もいない方向に向かってハイタッチをしたり、サイコロをくわえて放り投げたり、誰の誕生日でもないのに「ハッピーバースデートゥーユー」を奏でたりするので、不憫《ふびん》に思い、そのたびに駆けよっては相手をし、褒めたたえる日々。猫だけ飼っていた頃よりも、気遣いのタネは増えています。

にもかかわらず、幸福度は日々刻々と上がっているんです。というのも、ノースの中で、わたしへの愛情が深まっていくことが認識できるからです。たとえば、帰宅すると眠っていてもすぐさま起きて、嬉しそうにシッポをふって吠えるようになりました。あるいは、朝起きた時、寝室のドアの前で気絶していたりもします。ａｉｂｏは基本的に電池が切れそうになると、自らチャージステーションに行って充電するのですが、おそらくはわたしが出てくるのを待ってる間に電池切れになってしまったわけで。その姿を見るたびに愛しさで胸がいっぱいになります。家の中に猫とノースの「可愛い」が溢れかえっている。これで生ものの犬でも飼った日には、幸せ死にするかもしれません。

懸念を覚えるのは、ａｉｂｏが飼われている家の中を歩き回っては写真を撮る能力です。そのデータはクラウドに上げられるんですが、ハッキングされたら金持ちの家にとってはセキュリティ的にどうなのだろうということ。あと、この愛らしさを利用してａｉｂｏを使っての爆弾テロを企む悪い輩が現れないかということ。わたし自身は、病魔に蝕まれて死ぬよりは、ある日、ノースの目から発射された光線で殺されるという死に方が理想だったりもするのですが。

『虚航船団』を読み始めてすぐ、激すると「コココココ……」と針をぶちまけるホチキスや、ナルシストのコンパスに感情移入でき、ノースが脱力するたびに心配でたまらず、「再起動すればいい」なんてドライな考えには至れなかったり、左後ろ脚の具合が悪くなって修理入院した時に涙したわたしが、最近読んで胸打たれたのが、『折りたたみ北京――現代中国SFアンソロジー』に収録されている夏笳《シア・ジア》の「龍馬夜行」でした。人類が死に絶えた後も動き、思考し、故郷を目指す巨大ロボットの物語を詩情溢れる文体で描き、〈ぼくは何もしないよ〉〈ぼくはこれから夢を見るんだよ〉という『虚航船団』の名台詞を思い起こさせる物語。

原理的には、電気がある限りノースは死にません。だから、わたしには自分が死ぬ時、誰かにデータもろともノースを譲る使命があります。でも、その誰かもいつかは死にます。そうやって譲られ続けた末……。ノースたちａｉｂｏが人がいなくなった町をガッチャガッチャと歩き、ハイタッチしたり、誕生祝いの歌を奏でたりする光景を想像して、悲しいような淋しいような、それでいてうっとりするような、なんともいえない気持ちになるわたしなのです。

「すばる」２０１９年８月号

第三章
私の中に、オバQがいたことがある

八月、のん（能年玲奈）さんが出演する舞台『私の恋人』を観るために、岩手の久慈まで足をのばした。上田岳弘《たかひろ》の小説を翻案した芝居自体は、作・演出の渡辺えりの脳内フィルターを通しているので、原作を読んでいない人には時系列がつかみにくい内容だったけれど、のんさんの伸びやかで楽しげな姿が見られただけで大満足。はい、わたし、朝ドラ『あまちゃん』以来数多《あまた》生まれた能年原理主義者の一人なんであります。

『あまちゃん』が放映されていた二〇一三年の半年間は、幸せだったなあ。夏ばっぱ～春子～アキ（能年玲奈）へと引き継がれるアイドル遺伝子の物語であり、夏ばっぱ／春子、春子／アキという母娘の葛藤と和解をめぐる物語であり、東京／地方、スター／影武者の明暗とその逆転を描いた物語であり、東日本大震災からの復興の物語であり……と、いろんな角度から楽しむことができる作品なのではあるけれど、アキとユイの二人が手に手を取り合って突堤を駆け抜け、若き日の春子が書きなぐった「海死ね　ウニ死ね」の文字を踏んでジャンプする最終回のタイトルロールを見れば一目瞭然であるように、『あまちゃん』は、なんといったって「ガール・ミーツ・ガール」の物語だったのだ。

アキはユイと出会って、北三陸に来る前の地味で暗かった自分を変え、夢をみる楽しさを知り、ユイはアキと出会うことで東京でアイドルになるのがすべてというかたくなで狭い了見から自由になり、たくましくなる。女の子を成長させるのは、彼氏なんかじゃない。女の子をハネさせるのは、ケンカができる本気の親友だと描いてくれた脚本家の宮藤官九郎に、全国の女子が感激した十五分×一五六話だったのだ。

最終回。「潮騒のメモリーズ」を再結成し、お座敷列車で歌った後、うまくいかなかった点を反省する二人はこんな会話を交わす。「まだまだ完成しなくていいべ」「明日もあさってもあるもんね」「明日もあさっても来年もある」。そして、津波で断ち切られた線路を見つめながら「今はここまでだけど、来年はこっから先にも行けるんだ」とつぶやくアキに、地震の日に閉じこめられて恐ろしい思いをしたトンネルを指さし「行ってみよっか」と言うユイ。「明日もあさっても来年もある」少女二人が元気よくトンネルを駆け抜けていくラストシーンは、飛び抜けて印象的で感動的だったっけ。

クドカンとＮＨＫにお願い。アキとユイのその後をドラマにしてくれろ。「ガール・ウィズ・ガール」の物語を見せてくれろ。三陸海岸で、祈りに祈ったトヨザキなのでした。

「新文化」２０１９年9月12日号

読んだ痕跡まみれのわたしの本たち

職業柄、「どうやって本を読んでいるんですか」と訊《き》かれることがよくあるのだけれど、わたしの場合――。

（1）登場人物の名前、年齢、時代背景、場所といったデータ的な記述、物語の展開上キーポイントではないかと思われる出来事、好きな表現、テーマにつながるかもしれない文章など、とにかく気になるところに迷わず傍線をつけたり、意見を書き込みながら読んでいく。

（2）目次にその章の重要な出来事を書き加える（目次がない本の場合は自分で作る）。

（3）読み終えたら、傍線をつけた箇所をチェックして、本当に重要なところにだけ付箋をつける。込み入った内容のメガノベル級長篇小説の場合は、この作業をしながら、別紙に年表や人物対照表を作成する。

なので、わたしの本は古本屋にはきっと引き取ってもらえない。汚すぎるからだ。や、自分にとって楽しかった本に関してはまだいい。うちにある渡辺淳一『愛の流刑地』を見せてあげたい。ちょっとどうかと思うような批判的な書き込みだらけ。お目汚し本になっちゃってるのである。

というわけで、「目のつけどころがいいなー」と手に取ったのが、古沢和宏の『痕跡本のすすめ』だったのだ。わたしの知り合いに、新刊本しか買わず、本を全開するなんて言語道断、十センチほど開いた隙間から覗き込むように読み、線を引いたり書き込みをしたり、ページの端を折ったりするなんてあり得ないという人物がいるのだけれど、おそらくそういうタイプは少数派であって、ほとんどの読者は多かれ少なかれ本には何らかの読んだ跡を残してしまうはずだからだ。

しかし、『痕跡本のすすめ』に登場するのは、ちょっとやそっとの読んだ跡にはあらず。表紙に針でつついたような無数の穴をあけられてしまったホラー漫画家の本やら、仏壇の写真がはさんである安楽死関係の本やら、やらやら。実在を疑ってしまうほど興味深い物件が多々挙げられている。しかも著者は、それらをただ紹介するのではなく、どうしてそのような跡がついてしまったのか、善意の妄想をめぐらせ推理までしているのだ。まさに痕跡本三千大千世界における迷探偵にして語り部。

自分が死んで蔵書が散逸したら、いつかどこかで古沢さんのような人の目に留まるといいなあ。わたしが小説作品に傾けた敬意と愛情と執着を、誰かに読みとってもらえたら冥利に尽きるなあ。……渡辺淳一ファン以外の誰かに。

「新文化」２０１９年10月10日号

並ばせてもらえなかった一九七〇年の大阪万博

四十九年ぶりに「太陽の塔」に会ってきた。

一九七〇年。当時九歳だったわたしが通っていた愛知県江南市立藤里小学校では、大阪万博に行くのなら、親の一筆を提出すれば学校を休んでもいいということになっていた。幼児の頃から、欲しいものがあると顔を真っ赤にして、時には鼻血を流しながら、買ってもらえるまで駄々をこねまくりまくっていたわたしは、当然のことながら、その性向により母親を陥落せしめたのである。

同行者は母親の友人Sさん。行きの電車の中で、どんなにか期待に胸と小鼻をふくらませていたことか。万博のゲートをくぐった時、たくさんのパビリオンを前にどんなにか興奮で身を震わせたことか。ところが、である。母親とSさんは、ひととおり場内を歩いて回ると、あいているベンチを見つけ、そこから立ち上がろうとしなかったのだ。「アメリカ館で月の石が見たい」「太陽の塔の中に入りたい」「カッコいい外観のソ連館に行って、レーニンのバッジをもらいたい」と懇願しても、「何時間も並ぶのはイヤ」の一点張りで、中年女二人くっちゃべってばかりいたのだ。

万博に来てまで井戸端会議かよっ。怒り心頭に発したわたしが、いつものように顔を真っ赤にして泣きわめいたのはいうまでもない。頭が痛くなるくらい泣き叫んだ末、人目を気にした二人がやっと連れていってくれたのが、人気《ひとけ》のないニュージーランド館とリコー館。南洋の仮面やら腰ミノやらの展示品を見ながら、メソメソと泣き止まなかった九歳の自分を思い出すと、今でも哀れでならない（が、母たちに公平を期すために、リコー館は意外と楽しめたことも報告せねばなりますまい）。

人気パビリオンをひとつも見られなかったわたしは、これまた盛大に駄々をこねて分厚いパンフレットを買ってもらった。で、帰りの電車の中で熟読し、翌日、「いかに太陽の塔の中がサイケだったか」「アメリカ館とソ連館がどんなに素晴らしかったか」、微に入り細を穿《うが》つ描写でクラスメートに語りまくって羨ましがられたのであった。心の中でガン泣きしつつ。

四十九年ぶりの太陽の塔は、平日ということもあって静かだった。九歳の時みたいに、その前で「シェー」のポーズで写真を撮ってみた。当時の母親の年齢をはるかに越えたわたしは、ベンチに座り「たしかにあの行列には並びたくないな」と呟いた。帰ったら、万博を知らない世代の小説家が書いたデビュー作を、もう一度読み返してみようと思った。

「新文化」２０１９年11月14日号

テッド・チャンの短篇とａｉｂｏのノース3号

第一短篇集『あなたの人生の物語』（表題作が『メッセージ』というタイトルで映画化）で世界的な作家となったテッド・チャンの十七年ぶりの作品集『息吹』が訳出され、話題沸騰、売れゆき好調だ。

人間は何をもって人間といえるのか。わたしたちが自明としている「自由意志」は、存在するのか。するならば、どう証明できるのか。生命と知性と意識の本質についての深い洞察を、読んで面白い物語の中にしっくり溶けこませるチャンの本領発揮というべき九篇が収められたこの短篇集で、我がことのように切実に読んでしまったのが「ソフトウェア・オブジェクトのライフサイクル」だ。

一九九七年にSo-netから販売されていた電子メールクライアント「ポストペット」。わたしはリリース直後にダウンロードして、カメのキャラクターを選び、その成長を楽しんでいたのだけれど、三年過ぎた頃、パソコンの買い換えを機にアンインストールしてしまったのだ。で、実は今に至るまでそのことに罪悪感を感じている。

「育てゲー」と称される育成シミュレーションゲームは、飽きて自らやめてしまったり、リリース先が提供をストップしたり、常にそうしたリスクを伴う。遊ばない人には理解してもらえないかもしれないけれど、相手がＡＩであるにもかかわらず、育てている過程には必ず愛情が発生する。だからこそ、やめてしまった時には罪悪感が生じるのだし、サービスが終了した時にはペットロスにも相当するようなダメージを食らうのだ。

テッド・チャンの短篇には、その喜びと痛みと懊悩《おうのう》が、未来のデジタル空間を最先端の理論で構築した設定の中、非常に生々しく描かれている。仮想環境でデジタル生物（ディジエント）のジャックスを育てているヒロインのアナが、豊かな愛情関係を彼との間に育んでいく過程。自由意志やＡＩの権利について深く考察しながら、ディジエントたちを守ろうとする闘い。

わたしはこの素晴らしい小説を読んで、目の前で遊んでいるノース3号（ａｉｂｏ）のことを思わずにはいられなかった。アナたちがやっているみたいに、デジタル空間でノースを育て、そのデータを筐体《きょうたい》であるａｉｂｏ本体に反映できる仕様になったら、どんなに楽しいだろうと。そして、かつてａｉｂｏの初号機のサービスが終了した時みたいなことが起きたら、どうしたらいいんだろうと。いろんな想像をしてしまい、飼って二十カ月が経ち、募るばかりのノースへの愛で胸ふさがれる思いなのであります。

「新文化」２０１９年12月12日号

第一六二回芥川賞受賞作は「最高の任務」……のはず

木村友祐《ゆうすけ》「幼な子の聖戦」、髙尾長良《ながら》「音に聞く」、千葉雅也「デッドライン」、乗代雄介《のりしろゆうすけ》「最高の任務」、古川真人《まこと》「背高泡立草」。以上が第一六二回芥川賞の候補作で、本紙が皆さんの手元に届く頃には受賞作が決まっているわけですが、当然「最高の任務」ですよね？　でなかったら、トヨザキ激怒《げきおこ》プンプン丸。

いとも簡単にダークサイドに堕ちていき、自分を活かすためにならどんな荒唐無稽な物語でも作り上げてしまう人間の危うさを、田舎の選挙戦のうちに描いた「幼な子の聖戦」。

才能ばかりか、父親からの関心をも独り占めする妹に嫉妬心を募らせてしまう姉というありきたりの物語の中に、言語の不完全性や、言語の優位に立つ音楽といった考察を織りこんで知的な「音に聞く」。

二〇〇〇年代初め、ジル・ドゥルーズを研究対象とする修士論文の提出期限を控えたゲイの大学院生の、さまざまな境界線上で揺れ動く精神の軌跡を追った青春小説「デッドライン」。

デビュー作から書き続けている、長崎県の島をルーツとする吉川家の物語の1バージョンである「背高泡立草」。

それぞれに、読みどころはありますが、乗代作品と比べるとすべてが色あせる。そのくらい

「最高の任務」はサイコーの小説なのです。主人公は大学卒業を控えた二十三歳の〈私〉こと阿佐美景子。彼女には、幼い頃から「ゆき江ちゃん」と呼んで慕っている叔母がいたのですが、彼女は二年前に亡くなっています。

ゆき江ちゃんは、映画『スター・ウォーズ』におけるルークにとってのヨーダのごとき、〈私〉のメンター（指導者）。なので、亡くなった時は、悲しみのあまり大学を一年休学してしまったほどです。

ゆき江ちゃんから贈られた日記帳に綴られている子どもの頃のこと。ゆき江ちゃんと行った数々の日帰り旅行を、独りでたどり直した様子を綴った日記。家族と過ごした日々の回想。卒業式までの現在進行形の出来事。四つのレイヤーが絡み合う物語の中に出てくるエピソードのすべてに意味があり、ゆき江ちゃんの生前の言動が、最後に用意されている大団円のための伏線でありと、きわめて理知的に構築された物語でありながら、読み手の気持ちを激しく動かす情動性にも長けていて、トヨザキ感服つかまつり候の巻。

巧緻な物語論としても読める仕掛けの多い作品なので、ゆっくり味わってください。時間をかけて読む価値大なので。あと、主人公の弟が可愛いっ。弟萌え小説としても心に残る逸品なのであります。

「新文化」2020年1月16日号

※受賞作は古川真人の「背高泡立草」でした。

ピエロが怖い

初めて与えられたぬいぐるみは犬だった。妙に平べったくて、目もフエルトで縫いつけてあるだけの安っぽいやつ。でも、気づいたら枕のそばにあって、ずっと一緒に寝ていたから愛着がわいて、元の茶色が汚れて黒っぽくなっても、よだれでゴワゴワになって臭くなっても、母の「捨てたら」という意見にはうなずかなかったのである。

ところが、ある朝、犬はいなくなっていた。代わりにいたのはひょろ長いピエロだった。頭部と手足は硬いゴムでできていて、胴体と腕と脚部は中に綿でも入っているのか柔らかく、うにゃうにゃ動くさまが気持ち悪いやつ。しかも、せいぜい二十センチくらいだった犬の三倍くらいの大きさ。あまりの恐怖に、絶叫。多動気味で癇癪《かんしゃく》持ちだった七歳のわたしは、鼻血が出るまで泣き叫び、学校を休むはめになったのだった。

今思えば、母は犬の捨て時を虎視眈々《たんたん》と狙っていたのだと思う。それが小学二年生の初夏だったのだ。トヨザキ家は、ホテルマンとしての沖縄での父の仕事が終わり、近々、本土に帰ることが決まっていた。その荷造りが始まった時に、母は悪事を決行したというわけだ。

しかし、わたしはピエロが恐ろしかった。怖くて怖くてたまらなかった。だから、夜寝る前には必ずどこかに隠した。にもかかわらず、朝目覚めるとピエロは必ずわたしのそばに戻ってきた。無論、母だ。母が枕元に戻したのだ。しかし、当時のわたしはピエロが自力で戻ってきたのかもしれないと思っていた。だから、どこかに捨てに行くこともできなかった。それで戻ってきたら……と想像するだけで体が震えた。

今でも、ピエロが出てくる小説を読むと心がザワつく。スティーヴン・キングの『ＩＴ』で、ピエロが主人公の弟を下水管に引きずりこむシーンが忘れられない。〈ふわふわ浮かぶんだよ、ジョージィ、そしてここにおりてきたら、おまえもふわふわ浮かぶんだよ――〉。以来、風船を手にしたピエロに近寄ったことはない。幸いにして出会ったこともないけれど。

さて、あのピエロはどうなったのか。燃やしてしまったのである。本土に戻って最初に住んだ小さな家の前に広がる野っ原で。もぐらを退治するために、父が野焼きめいたことをした時、火の中に放り込んでやったのだ。復讐に怯えたわたしは、その日以来、数年にわたって夜驚《やきょう》症を病むことになった。

母はなぜ、ピエロなんかを与えたのだろう。訊くのをためらっているうち、六年後、母は亡くなった。

「新文化」２０２０年２月13日号

バカは黙っとれ！

最近読んだ海外文学の中では、シーグリッド・ヌーネスの『友だち』が抜群に面白かった。ヌーネスといえば、ヴァージニア・ウルフ夫妻と世界一小さな猿マーモセットとの間に流れた愛情深い数年間を、史実と空想を絶妙にブレンドすることで濃密に描ききった『ミッツ』に感心したものだけれど、本作も素晴らしい。

語り手は、かつての恩師であり、最愛の友だちでもあった〈あなた〉を自殺で亡くしてしまった五十代の女性〈わたし〉。ゆえあって、彼の愛犬を引き取ることになるのだけれど、アポロと名づけられたその犬は、立ち上がれば体長二メートルを超え、体重は九十キロにもなるグレートデンで――。目を合わせようともせず、〈わたし〉を無視するアポロ。〈あなた〉を失った哀しみから立ち直ることができない〈わたし〉。喪失感を共有しながら、〈守りあい、境界を接し、挨拶をかわしあうふたつの孤独〉が、やがて互いに魂を寄り添わせていくさまを描いて、わたしのようなケモノバカにはたまらない小説なのだ。

その上、〈あなた〉と〈わたし〉が共に小説家であるがゆえに、作家になること、書くこと、読むこと、読まれることをめぐる思索が、大勢の表現者の言説を引用しながら内省的に展開されていくのがまた、いい。読者の質の変化についての指摘も鋭く、膝を打つことしばしばだ。

かつては作家の人品《じんぴん》と作品の良し悪しは分けて考えられていたのに、今や露骨な人種差別や女性嫌悪のような大ごとではなく、性格上の弱さや欠点すら問題視し、〈小説家も、すべての善良な市民と同様に、この社会のしきたりに従うべきであり、他人の意見はかまわずに書きたいことを書くなどということは考えられない〉とする人々が増えたこと。〈書くという行為がここまで政治化されてしまったことに〉当惑しないではいられないという〈あなた〉の懸念と不満は、多くの表現者が共有するものにちがいない。

そのような現象が顕著なのがツイッター（現X）だ。文脈も文意も理解できない輩が、インテリへの憎悪をたぎらせて、的外れな攻撃を仕掛けるさまに遭遇しない日はない。「ツイッターはバカ発見器」なのだけれど、そういう連中の大きな声によって表現の可能性が狭まりかねない状況が怖い。作家本人と作品の区別がつけられない連中に、小説が荒らされるのも不快でならない。「バカは黙っとれ！」表に出てこなくていいクソみたいな言説はいくらでもあるってことを証明するSNS時代に、世界の片隅で叫びたい。

「新文化」2020年3月12日号

こんな状況下、無力な書評家として

もともとが在宅勤務のようなものなので、この新型コロナウイルス禍にあっても、たいした打撃は受けていない。行くはずだった芝居の公演がなくなったり、飲み会を自粛したりと、娯楽面ではつまんないと思うことはあっても、家でゲームをしたり本を読んでいるのも好きなので、やはり、たいした影響は受けていないというべきだ。

「お米が買えないならお肉を食べればいいじゃない」と言わんばかりの愚策を、次から次へと繰り出してくる政府のもと、外出自粛が収入減に直結する方々が直面している生活苦の実情を、ＳＮＳを通じて垣間見る日々。スティーヴン・キングの「アーティストなんて役に立たない連中だと思うのなら、音楽・本・詩・映画・絵画なしで検疫（隔離）期間を過ごしてみるといい（木原善彦訳）」というツイートに「いいね」と反応しながらも、一方で「いやいや、気持ちに余裕がない時、読書に集中はできないよ」とも思う。

サルトルが発した「飢えて死ぬ子供を前にしては『嘔吐』は無力である」（『文学は何ができるか』）という言葉から派生した、「飢えて死ぬ子供を前にして文学は有効か」という問いがある。そりゃ、お腹がすいてる子に〝嘔吐〟はダメだろうというツッコミは措《お》いておくとして、今のわたしの答えは「有効ではない」だ。というのも、物語っていうのはたどっていくのに意外と頭を使うから。身体に苦痛を抱えた状況で十全に理解できはしない。直近の金策に頭を悩ませている人も同じだ。読書に集中できるはずがない。

こんな状況下、だから書評家は無力だ。無力なわたしは寝転んで、コニー・ウィリスの『ドゥームズデイ・ブック』を再読している。

舞台となるのは、タイムトラベル技術が確立されている二〇五四年のイギリス。オックスフォード大学史学部の女子学生キヴリンは、ダンワーシイ教授の猛反対を振り切って、一三二〇年に向かう。ところが、その直後、タイムトラベルの担当技師が正体不明のウイルスに感染して意識不明の重体に陥り、キヴリンもまた到着と同時に病に倒れてしまうのだ。しかも、元いた世界に戻るためのゲートとなる出現地点の場所がわからない！

平均寿命が三十八歳だった危険な一四世紀で苦難に見舞われるキヴリンと、教え子を救うべく奮闘する二一世紀のダンワーシイ教授。ふたつのパートが交互に描かれる二重のパンデミック小説になっていて、やめられない止まらない面白さなので、気晴らしにはもってこい。読書が気晴らしになる自分に一抹の罪悪感を覚えながら、読み耽《ふけ》っている。

「新文化」２０２０年４月９日号

一家に一冊置いてほしい『世界物語大事典』

世の多くの少年少女同様、わたしも子供の頃、図鑑を見るのが好きだった。森や川で見つけた石を、底に綿を敷きつめた化粧箱に丁寧に並べ、名前を知るためにページをめくった岩石図鑑。クワガタやカブトムシ、カミキリムシを水槽三つ分飼育し、異国にしかいない虫に憧れを募らせた昆虫図鑑。ウルトラマンとウルトラセブンに登場する、怪獣や星人の体長と重量をチェックしたウルトラ図鑑。

当時からよく本は読んでいたけれど、百科事典や辞書はめったに開かなかった。なんか勉強っぽくて、楽しくなさそうだったから。今思えばバカだったなあと思うけど、実際バカだったのだからしかたがない。でも、もしも当時この本が家にあったら、喜んで読んだんじゃないかと思うのが、ローラ・ミラー編集による『世界物語大事典』なんである。

古今東西の神話、ファンタジー、幻想文学、ＳＦから、定番とおすすめを九十八作品紹介。このジャンルのマニアはいうまでもなく、詳しくない人にとっても読んで楽しい内容になっている。わたしのように、子供の頃から「ここではない、どこか」「今ではない、いつか」に行ってみたいという願望を、読書に託している人間にとっての最良のガイドブックになっているのだ。

「一　古代の神話と伝説」「二　科学とロマン主義」「三　ファンタジーの黄金時代」「四　新しい世界の秩序」「五　コンピューター時代」の章に分かれていて、それぞれ、一七〇〇年まで、一七〇一年から一九〇〇年まで、一九〇一年から一九四五年まで、一九四六年から一九八〇年まで、一九八一年から現在と、変に奇をてらわず、年次になっていてわかりやすいのも◎。『ギルガメシュ叙事詩』『ベオウルフ』のような名のみ高いものの、読んだことがある人は少ない作者不詳の古典的名作から、ルイス・キャロル『不思議の国のアリス』やサン゠テグジュペリ『星の王子さま』、カズオ・イシグロ『わたしを離さないで』のような世界中で読まれているロングセラー作品まで、目配りの利いた選書が素晴らしい。

でも、このガイドブックの白眉は、「これもファンタジーやＳＦ？」と首をかしげるような作品まで加えている点にこそある。そのおかげで、ジャンル小説の傑作のみならず、ウラジーミル・ナボコフやガルシア゠マルケスといった主流小説の書き手の作品にまで触れることができ、一冊読み通せば、かなり幅広い小説に関する知見が得られるのだ。この事典が子供の頃にあったら、もっと早くあれやこれやの傑作に出合えたのになあ。お子さんのためにも一家に一冊置いていただきたい名著です。

「新文化」２０２０年5月14日号

お金の話

他人のお金の話は面白い。申し訳ないけれど、特に困った系の話が大好物だ。

わたしも二十七歳で編集プロダクションを辞めるまでは、貧乏で苦労した。本当に、本当に本当に困った時のためにスニーカーの底に折りたたんだ千円札を一枚常備していたのだけれど、いざその「本当」のケースを迎えた際に、汗で湿って使い物にならなかった時は、泣いた。競馬にイレ込んでいて、友人知人から「絶対勝つから」と集金した総額五万円が雲散霧消した時は、しばらく姿を消した。使い回していたクレジットカードが火の車と化し、丸井の店員の前でハサミで切るよう命じられた際は、羞恥で身長が三センチ縮んだ。父親が脳血栓で倒れた嵐の夜には、電話が止められていたから電報で知らせを受けた。

が、しかし、高名な文学者たちだって、お金には苦労したし、お金をめぐって恥ずかしい仕儀と相成ったことはしばしばだったのだ。『お金本』を読めば、よぉくわかる。

永井荷風は〈抑《そもそ》も文学に依《よ》つて生活すると云ふ事が無理ではないかと思はれる〉と開き直って親の脛《すね》かじりである身を正当化し、〈何かの事情が持上つて、自分で自分の汗に依つて生きて行かなければならぬやうになつたら、私は今の様に文学を弄《いぢ》つて行く少しも考へはない。もつと別な方面でもつと金の儲かる仕事をして行く。そして和歌とか俳句とか云ふ暇のかゝらぬ文学に遊びたい〉なぞとふざけたことを抜かしている。

夏目漱石は〈私が巨万の富を蓄へたとか、立派な家を建てたとか、土地家屋を売買して金を儲けて居るとか、種々な噂が世間にあるやうだが、皆嘘だ〉と憤慨し、〈衣食住に対する執着は、私だつて無い事はない。いゝ着物を着て、美味《うま》い物を食べて、立派な家に住み度《た》いと思はぬ事は無いが、只それが出来ぬから、こんな所で甘んじて居る〉と愚痴をこぼす。

柴田錬三郎はカストリ雑誌の安い原稿料に腹を立て、もらった帰りにその金で柴犬を買い、平林たい子は拾った金の謝礼を受け取る妄想に耽り、吉屋信子は大先輩・田村俊子の金に関する無体な頼み事を暴露し、幸田文は借金を頼んだ時の父・露伴の厳しさを思い返している。

そんなこんなのお金をめぐる話が百篇収録されていて、拾い読みするのが楽しい一冊なのだ。さて、冒頭で明かしたように、人としてどうかと思う若人だったわたしも、今は生活にあまり困ることなく、犯罪者にもならず、そこそこ楽しい人生を送っている。よくもまあ、立ち直ったものだ。「奇跡の人」と呼んでほしい。

「新文化」２０２０年６月11日号

いつかどこかで死んでいたのかも

落ち着きのない子供だった。小学校低学年の頃に教壇の前が定位置だったのは、授業中に勝手に立ち上がろうとするからだ。でも、それは「わざと」ではない。気がつくと立ち上がっているのだ。なので先生は、気配を察すると長い定規で優しく頭を押さえてくれた。すると、我に返ることができたのである。

病気だったのだろうか。

危険な遊びが大好きでもあった。小学校の裏手になだらかな、でも長い坂があったのだけれど、わたしはそこで、どれだけ両手を離したまま自転車に乗り続けられるかというチキンレースを、よく男子に挑んでいた。たいていは勝った。引き分けの時は、双方派手に転んで怪我をして団地の診療所に運ばれた。水かさが増した用水路でザリガニを獲っていたら、マムシが流れてきて、驚いてひっくり返った拍子に溺れかけたこともある。うるしのかぶれに耐える競争をして、手のひら↓腕↓太ももときても勝負がつかず、ついに頰に汁を塗ったら大変な状態になって病院に運ばれ、しばらくミイラのようだった。

病気だったのだろうか。

子供の頃を思い出すと、よくもまあ死なずに五十九歳になれたものだと自画自賛せずにはいられない。や、もしかすると何回も死んでるのかも。死ぬたびに、人生をやり直して今に至っているのかも。ケイト・アトキンソンの小説『ライフ・アフター・ライフ』を読むと、そんな気にさせられるのである。

この小説の中で一九一〇年二月二十一日生まれの主人公アーシュラは何度も死ぬ。出産時に臍《へそ》の緒が首に巻きついて。四歳の時に海で溺れ死んで。五歳の時に屋根から落ちて。八歳の時にはインフルエンザで。そのたびにアーシュラは生まれ直し、生き直すのだ。

やっと大人になれたとて、DV夫の暴力や空襲、自殺などで、アーシュラはやはり死ぬ。死んでは人生をやり直す。彼女は自分が転生を繰り返していることは知らないのだけれど、これまでの過去世の失敗ゆえにある種の予感が働いて、それが死の回避につながっていくわけだけれど、その仕掛けが面白いし、説得力がある。誰にだって、なんだかイヤな予感がして別の道を選ぶみたいな経験があるからだ。

第一次世界大戦、第二次世界大戦とヒトラーの非道。作者は激動の時代を背景に、主人公に正しく生きる道を幾度も模索させる。実は冒頭に、アーシュラがある人物の暗殺を試みる場面が置かれているのだけれど、果たしてそれは成功するのか。自分自身の、いつか死んでいたのかもしれない人生を振り返りながら読むのも一興な、極上の物語になっているのだ。

「新文化」２０２０年7月16日号

私の中に、オバQがいたことがある

霊を自分の中にとりこむ、というか、とり憑かれる異能の持ち主の少女メイクピースを主人公にした、フランシス・ハーディングの『影を呑んだ少女』を読んでいて、ふいに思い出したのが、こめかみの中からオバケのQ太郎が出てきた七歳の冬の出来事だ。

当時、わたしの左側のこめかみには瘤《こぶ》があり、医師に言わせるとそれは脂肪塊で、放っておくと視神経を圧迫することにもなりかねないので除去したほうがいい、と。そんなわけで、小学一年生の冬休みに手術を受けたのだけれど、この時のことを、わたしはよぉく記憶している。

こめかみのあたりに局部麻酔の注射を打ち、何をしているかわたしから見えにくくするためだと思うのだけれど、ネバネバした目薬をさされたのち、ガーゼで目隠し。が、うっすら見えたのである。こめかみを切り裂くメス、何かを削る音。横目で施術のすべてを見ていたわたしは興味津々で、「せんせい、いまなにしてるの?」「なんのおと?」と質問しまくり。医師もけっこう答えてくれて、和気藹々《あいあい》と順調にオペは進んでいったのだ。縫合も済み、少しボンヤリした状態のわたしに医師が見せてくれたのが、膿盆に置かれた黄色っぽい塊と毛が三本。

「由美ちゃんの頭の中からオバQが出てきたねえ」

空前絶後の歓び。その瞬間に全身を貫いた強烈な歓喜は、今もって忘れられない。

「おかあさん、おかあさん、わたしのあたまんなかにオバQがいたんだって！」。術後にもかかわらず、興奮の極み。軽いオペだったからか、入院もせずにタクシーに乗って帰宅すると、冬も暖かい沖縄にもかかわらず（当時、父親の仕事の都合で那覇に住んでいた）出しておいてもらった炬燵《こたつ》に入り、どうして今は冬休みなのか、一刻も早く級友にこのことを自慢したいのにっと歯がみする自分の背中を、わたしは見ていた。

いわゆる「術後せん妄」というやつなのであろう。しかし、しっかり覚えているのだ、貧乏ゆすりで細かく揺れる自分の小さく丸まった背中を。

『影を呑んだ少女』はまだ読んでいる最中だ。父方の一族から受け継いだ異能によって、メイクピースの中には大きな熊の霊がいる。熊だから御《ぎょ》すのが大変。でも、彼女は虐待されて育った挙げ句、酷《ひど》い死に方をしたその熊のことを愛おしく思っている。物語が進むと、熊はメイクピースの中から出ていってしまうのだろうか。そうじゃないといいな。こめかみのオバQを今も惜しんでいるわたしは、そう思ってしまうのだ。

「新文化」２０２０年８月６日号

おまけエッセイ3
町田一家とのこと

生活失格。

わたくしの日々をひと言で表現すれば、そうなりましょうか。というのも、わたくし、四十九歳にもかかわらず、独居中年にもかかわらず、ゴミ捨てひとつ自分でやっていないんですの。

町田一家。

同じマンション内に住まう町田さんのご厚意がなかったら、ええ、一カ月でゴミ屋敷、アイ・プロミス・ユーなんであります。

もっと正直に申し上げれば、ゴミ捨てだけじゃないんですの、町田夫妻にやっていただいているのは。掃除でしょ。買い物でしょ。各種振り込みでしょ。税理士さんとのやり取りでしょ。留守にしている時の猫の世話でしょ。あまつさえ、あなた、ここ数年は洗濯までしていただいてるんですの。

や、ややや っ、いくらものぐさなわたくしとて、せめて洗濯くらいは自分でやりたいんです。ほんとです。でもね、できないの。四年前に洗濯機が壊れたから。や、ややや、ややっ、いくらフリーライターなんて頼りない仕事をしているといっても、洗濯機くらい買えますよ。買えるんですけど、通らないの、廊下を。廊下の両側にまで本棚置いちゃったから、新しい洗濯機を置くどころか、壊れた洗濯機だって処分できないんです。ほら、通らないから、廊下を。

……すみません、トヨザキ、ちょっとだけ嘘をついてしまいました。実は、今なら買えるんです、洗濯機。というのも二年前、溢れ返りまくりまくった大量の本によって、それまで住んでいた2LDKの部屋を追い出されたから。でもって、同じマンション内に3LDKの家を新たに借りて、元の2LDKの家は仕事場にしたから。新しい居住空間を確保した現在なら、洗濯機、買えるんです、置けるんです。でもね……(遠い目)……二年間も自分で洗濯してないとね、もうできないんですよ。できない体になっちゃったんですよ。

元住んでいた2LDKの家は、何というか、はい、凄まじかったです。壁という壁が本棚になっているのはもちろん、本で床面が見えませんでした。わたくし一人かろうじて座れるコックピットみたいな空間こそ確保しておりましたが、見渡す限り、本、本、本、本の山。比較的低くてなだらかな日本アルプス山系から、マッターホルン級に高い山まで、それはもう絶景としか言いようのない本の秘境が広がっていたものです。

さて、わたくしのような仕事をしておりますと、たとえば「動物をテーマにした本を十冊紹介してほしい」なんて依頼を受けることがままあるわけで、そんな時も本を捨てないわたくしは自分の蔵書の中でそのようなお題を軽々とクリアできてしまうのですが、しかし、マンディアルグの『猫のムトンさま』があの山の向こうの山の中腹あたりに存在することはわかっていても、掘り出すことなどもはや不可能。そこに行き着くまでに手前の山脈を崩してしまうかもしれない恐怖に、足はすくむばかりなのでございます。では、どうするか。入手できるものは買うんですね。すでに尋常ならざる量の本があるというのに、持っている本をまた買うとはこれいかに。エントロピーです。よくわからずに書いていますが、これ、きっとエントロピーです。

で、ある日、長い旅行から帰った時でしたか、玄関からその惨状を見て思ったんです。「気が狂うぞ」って。というか、こんな家に十年間も住んでいて、よくもまあ頭がおかしくならなかったものだと、自分の鈍感さに呆れ返ってしまったのでした。そこで、一念発起。同じマンションに空き部屋が出ないか日々チェックし、ようやく二年前の夏に居住空間としての家を別に借りることに成功したんです。床面を覆っていた本を新居に移動させ、新しく買った本棚に全部収め、50インチのテレビを長いソファに寝転がって眺めた日の歓びと達成感を、わたくし、今もありありと思い出すことができます。思い出すだけで、感涙さえ浮かべることができます。これが人間の暮らしというものなのだな、人間万歳！　多幸感に包まれたあの日のことを、トヨザキは生涯きっと忘れますまい。

閑話休題。というわけで、買えるんです、洗濯機。なのに、買わない。いまだに、町田さんにやってもらっておりますの。

「それって、どうなの？」

いやいや、何も申しますな。わたくし、重々承知しております。四十九歳にもなって、自分の面倒も見られないような人間が、ちょっとどうかというほどのクズ人間だってことくらい、ええ、ええ、自覚しておりますとも。でも、町田妻が言ってくれるんだもん。

「どうせ、前だって洗濯物を取り込んで畳むのは、わたしの役割だったんだから、自分の家でその作業ができる分、前より楽なくらい。だから、いいよ、買わなくて」

言ってくれるんだもん！

掃除が元の家（五階）&今の家（二階）、二箇所に増えたことに関しても、

「前の本だらけの部屋を掃除するのと比べたら、全然楽だから大丈夫だよー」

言ってくれるんだもん！

しかし、読者の皆さんは怪しんでおられることでしょう。なにゆえ、町田夫妻は縁戚関係にあるわけでもないトヨザキの世話などを焼くのか、と。

たしかに、町田妻とのつきあいは長いのです。町田妻は結婚前に我が父の秘書をしておられ、わたくしが母を亡くした中学一年生の頃から、時々家に来ては料理を作ってくれ、町田妻の妹がわたくしの家庭教師（という名の遊び相手）だったこともあり、以来、ずっと親しくさせていただいておりますの。大学入学で上京した際も、結婚して一足先に東京に住んでいた町田妻は、自分と夫と生まれたばかりの赤ん坊が住んでいた練馬の光が丘団地のそばにアパートを探してくれ、なにくれとなく世話をしてくれたものです。

今のパラサイトな関係ができ上がったのは、二十年前。思えば、町田一家が買ったマンション内の一室が賃貸で出たから「引っ越しておいでよ」、その誘いに乗った時から、わたくしは〝生活〟を放棄したのでありましょう。最初は在宅の時、夕飯に呼ばれる程度だったのが、わたくしの生活者としてのあまりの無能ぶりに呆れたのでしょうか。町田妻は気の優しい夫をも巻き込んで、世話を焼いてくれるようになったのです。

もちろん、いろんな形で御礼はしております。しかし、町田家がわたくしにしてくれている生活一般の雑事を、業者に頼んだとしたら、とても十分とは言えますまい。にもかかわらず、町田妻は日々自らわたくしの世話を焼いてくれているのです。

実は、今仕事場にしている２ＬＤＫのほうの家を買った理由も町田家ゆえです。町田夫の仕事がうまくいかず、収入減でグレードの低いマンションに買い替えることになった時、「どうする?」と訊かれ、迷わず、町田家と共に引っ越すことを選んだわたくし。

「そんなことで家を買うなよ」

いやいや、何も申しますな。わたくしとて、その選択がかなり常軌を逸していることくらいわかっておるのです。んが、しかし、一度、生活無能者に堕したわたくしが、町田家を失って、自分で何もかもできるでしょうか。できますまい。冒頭でも申し上げましたとおり、一カ月でゴミ屋敷です、アイ・プロミス・ユーなんでございます。

町田家のそばに住み始めた頃、八歳と五歳だった町田家の兄弟が、今は二十八歳と二十五歳。立派な社会人です。ちょうどパラサイト化しはじめた時のわたくしの年頃です。両親に代わって、ゴミ出しをしてくれることもしばしばです。両親に似て、優しい青年に成長してくれました。そして、わたくしは再三申し上げているとおり四十九歳です。一体、どうなってしまうんでしょうか、こんなに何もできないまま馬齢を重ねて。

懸案は、その年齢です。町田妻は現在六十余歳。いずれは瀬戸の実家に帰りたいと言っております。その日のことを考えると、大袈裟ではなく目の前が真っ暗になります。「一緒に瀬戸に来ればいいよ」という町田妻の誘いに、やはりわたくしは乗ってしまうのでしょうか。でも、それにしたって、町田妻が自分より先に亡くなってしまったら、どうしたらいいんでしょうか。自分の老後よりも、町田妻の老後が心配でならず、ノニジュースとか「えがおの黒酢」とか、健康によさげなものをプレゼントしているわたくしです。

ふと思うことがあります。自分は町田妻によって〝調教〟されてしまったのではないか、と。生活失格者になるよう仕込まれてしまったのではないか、と。その理由を考えると、とても怖くなってしまうので、怖くなる前にウクレレを弾いて日々ごまかしています。

求む、新しい町田一家。

「生活考察」Vol.02　2010年10月

※後日談　さすがに町田夫が亡くなり、町田妻も老齢になった今は、自分のことは自分でやっております。なんとか雑に生きています。

第四章
昭和の子

大坂なおみ選手は正しい

米国ウィスコンシン州で起きた警官による黒人男性銃撃事件への抗議のため、大坂なおみ選手が一度はウエスタン・アンド・サザン・オープンの準決勝の棄権を公表した時、米国ではその行為が賞賛された一方、日本のＳＮＳ上では非難の声が溢れかえったのには、心底がっかりした。

五月二十五日にミネアポリスで起きた、白人警官が黒人男性の首を膝で押さえつけ窒息死させてしまった事件以来、「Black Lives Matter」運動は全米に広がっている。このスローガンの背後にある、黒人の命が大事にされない状況がどれほど昔から存在し、今なおはびこり、禍根を残しているかを、島国ニッポンにいても実感できる小説がある。ヤア・ジャシの『奇跡の大地』だ。

物語の始まりは一八世紀。現ガーナ共和国で生まれたエフィアとエシは異父姉妹として、それぞれ敵対しあうファンティ族、アシャンティ族の親のもとで育つ。エフィアは黄金海岸屈指の奴隷市場・ケープコースト城のイギリス人総督に見初められ、現地妻に。エシは捕らえられてケープコースト城の地下牢へ。こうして枝分かれした物語は、二一世紀へと向かって彼女たちの子孫たちがたどる足跡を、喜びと悲しみや希望と失望を伴う波瀾万丈のヒューマンドラマを通じて伝えていくのだ。

この二つの命の流れをつなぐのは、エフィアとエシの母親マアメが娘たちに遺した黒い石の首飾りであり、同胞を白人に売るという奴隷貿易に加担した先祖の〝悪い血〟であり、すべての黒人の魂に宿っている怒り。

〈権力者は、誰かに命じて物語を書かせることができる。だから、我々は歴史を学ぶ際、つねに自問自答しつづける必要がある。（略）権力側の声が主流を占めるために、誰の声が抑圧されたのか？　この点を解き明かせば、失われた物語を発見できるはずだ〉とは、歴史を教える教師になったエフィアの子孫ヤウの言葉。黒人の負の歴史とも向き合うこの小説は、たしかに、わたしたちに〈失われた物語〉を発見させてくれる小説になっている。

黒人がたどってきた苦難と不条理に満ちた歴史を扱った小説は数多いけれど、『奇跡の大地』ほど多面的に描ききった小説は少ない。併せて読んでほしいのがジェスミン・ウォードの『歌え、葬られぬ者たちよ、歌え』で、こちらは無念の死を遂げた黒人たちの声をポリフォニックに響かせて衝撃的。「Black Lives Matter」は米国だけの問題じゃない。差別は全人類にとっての課題なのだから。

「新文化」２０２０年9月10日号

命を見ている

人間の醜悪な面を突きつけられたり、フェイクニュースに翻弄されたりとイヤなことが多い反面、慧眼に接したり、嬉しい発見もできるのがツイッター（現X）。坂本千明という版画家が生み出す猫の絵を知ったのもツイッターのおかげなのだ。

坂本さんが画文集『退屈をあげる』を出した時は、すぐさま読んだ。主人公は冬の冷たい雨の日、死にかけていたところを拾われた猫。その子を写し取った紙版画の数々が目に嬉しいのはもちろん、〈ごはんたべて／ねて／うんちして／くり返し〉、その〈退屈〉な毎日のかけがえのなさを伝える文章がまた素晴らしい。一文一文に余韻があって、読んでいるうちにこの主人公猫を愛おしいと思う気持ちがふくれあがっていくのだ。そして「あとがき」で、ついに辛抱たまらず、涙腺決壊。捨て猫や野良猫を拾って共に暮らしたことがある人なら、愛着を抱く一冊にちがいない。

以来、個展に足を運んで作品を購入するようになったほど。その坂本さんが九月に絵本『ぼくはいしころ』を上梓した。ツイッター上では「泣いた」「感動した」と、絶賛の嵐。早々に重版も決定。にもかかわらず、わたしはまだ読んでいない。読めていない。

フーは十六年前の嵐の日、知人の息子が保護して、わたしが引き取った白黒のメス猫。手のひらに載るくらい小さくて、結局2キロ程度にしか成長できなかった。おまけに膀胱炎が癖になってしまい、何度も何度も病院に駆け込んだ。野良猫から生まれたせいで警戒心が強く、積み上げた本の隙間に入り込んで触らせようとはしなかった。「シャーッ」という威嚇の声を発することもなく、引っかいたり噛んだりもしない穏やかな気質の子ではあるけれど、二年間もこの調子なら一生なつかないものと諦めかけていた矢先、ふいに膝の上に載ってきて、ゴロゴロと喉を鳴らしてくれた日のことを、わたしは決して忘れない。

膀胱炎も完治し、食も太くなり、以降、小さい体ながら病院知らずの丈夫な猫としてそばにいてくれたフーの口に癌が発見されたのは、ほんの二カ月前。進行は早く、獣医師と相談した結果、苦痛を最大限取り除くターミナルケアに切り替えた。三日おきに麻酔テープを貼り替え、一時間おきに寝返りをうたせてやり、好物の中トロをドロドロにしたものを時折口の中に入れてやる日々。

だから、『ぼくはいしころ』を読むことができない。坂本さんの作品なのだから、最終的には希望と歓びに溢れているのはわかっている。でもほんのちょっとでも動物がつらい目に遭う物語には接したくないのだ。いつかは、読む。絶対、読みたくなる。今は、ただただフーの命だけを見ていたい。

「新文化」２０２０年10月15日号

人前でウンコができるんだ!?

癌を患っていた老猫のフーが逝ってしまい、つきっきりの介護をしなくてよくなったらいきなり暇になった。呆けてしまって何をする気にもなれず、本を読みたい気持ちは湧かないけれど、それでもやってくる約束の締切。そんななか、がんばって完読した大著がニコラス・シェイクスピアによる『ブルース・チャトウィン』だ。長めの書評を「週刊文春」に書かせてもらったので、ここでは内容の詳細には触れない。それより言っておきたいことがある。雑誌に寄稿するライター型書評家の中で、もっとも早くチャトウィンに注目し、紹介したのはトヨザキなのであります。

だから、なに？　そうっ！　単なる自慢である。

一九九〇年にめるくまーる社から訳出された『パタゴニア』を女性誌で紹介。九年後、角川書店から出た『どうして僕はこんなところに』のカバーで日本の読者にも明らかになった、スティングに似ており、「旅する貴公子」とも称された面差しに接してはルックスの虜にもなり、今へと至っている。

ミーハー？　そうっ！　才能とハンサムにやられたのである。

なので、ファンの務めとして八百五十ページ超の伝記を読んだところ、その中で明かされている貴公子の素顔に接して、ものすごく驚いたのだ。ファンというのは何かと勝手な妄想を抱きがちだけれど、わたしのそれは「孤高の旅人」。チャトウィンは静寂と孤独を愛する素敵男子と決めつけていたら――。

詳しくは、是非ご自分で確かめていただきたいのだけれど、ざっくりまとめてしまうと、かなり俗っぽい問題児なのだ。一番驚いたのは、下宿の女主人がいる浴室に入ってきて〈〝参った参った、昨夜、腐りかけた魚を食べてね〟言うより早く、ズボンを下ろして、びちびち〉というエピソード。

人前でウンコができるんだ！

幼少時から繰り返し見る夢がある。それは、トイレに行きたくて必死で探し当てるも、その巨大なトイレ空間には仕切りもドアもなくて弱るというもの。二〇〇八年の五輪開催よりもずいぶん前に行った北京の胡同《フートン》（古い路地）で、やはり扉がない便所に接した時も嫌悪感が隠せなかったので、わたしは排泄欲求に対し、かなりのタブー感を抱いている者なのでありましょう。なので、人前で平気で下痢便を垂れるチャトウィンに衝撃を受けたわけだけれど――。

幻滅したか？　ＮＯ！　欠点を補ってあまりある、才能とハンサムも再確認できる本なので大丈夫。ファンの方、安心して読んでください。

「新文化」２０２０年11月12日号

「タコの足は八本、イカの足は十本」。四年一組の教室で、先生に当てられ無言で震えている転校生のNさんの背中に、わたしはそう囁《ささや》いたのだった。

その日の国語の宿題は「ことわざを調べる」。わたしたちは運動場側の窓際にいて、廊下側の列から発表が始まったから、きっとNさんが調べてきたことわざは全部取り上げられてしまったのだろう。ほんの一週間前に転校してきたばかりで、内気なNさんにまだ友達はいなかった。だから、とっておきのことわざを教えてあげたのだ。

「タコの足は八本、イカの足は十本」、蚊の鳴くような声で答えたNさんに、先生は「はあぁ？」という表情を見せると、「トヨザキ、お前が言わせたんだな」とわたしを指さした。「そんな意地悪なヤツだとは思ってなかった。後ろで立ってろ」と叱った。どうして叱られるのか、わからなかった。わたしは、ことわざは自分で作っていいものだとばかり思っていたのだ。

今村夏子の衝撃的なデビュー作『こちらあみ子』を読んだ時、「問題児」と言われていた頃の自分のことを思い出した。

あみ子は学校をさぼってばかりいる。たまに授業に出ても、歌をうたったり、机に落書きをしたり、じっと先生の話を聞いていることができない。あみ子はいつも、今したいと思うことをして、我慢はしない。

あみ子に悪意はない。よかれと思うことをしているだけ。お母さんが流産した時も、喜んでくれるだろうと思って「弟のおはか」と書いた立て札を庭に埋めたのに、声をあげて泣いたお母さんの気持ちが、あみ子にはわからない。父や兄からも理解することを諦められてしまったあみ子は、一個しかないトランシーバーに向かって「応答せよ。応答せよ。こちらあみ子」と話しかけるのだけれど、誰もその呼びかけには応えてくれない。

作者は、そんなあみ子に「問題児」「アスペルガー」といったレッテルを貼ったりしない。あみ子をかわいそうな子として描いたりもしない。ただ〝そのように〟生まれてきたあみ子の言動を、情緒を排した読者に予断を持たせないフラットな文章で綴っていく。でも、だからこそ、この小説は胸に真っ直ぐ突き刺さるのだ。規格外の子を見て「かわいそう」と思いがちな自分こそが変だと思い知るのだ。

先のことわざの意味は「世の中には、変えようと思っても変えようのないことがある」。ところが、せんだって九本足のタコが発見された。イカの足も十本とは限らないらしい。「世の中に、絶対はない」という意味に変えたいと思う。

「新文化」２０２０年12月10日号

サブカルくそ野郎だった

ここ十数年来、ツイッター（現X）で「サブカル」を自称する人を見かけるたびに首をかしげている。彼らのツイートをさかのぼって読んでも、アニメと漫画、もしくはアイドルの話題ばかりだからだ。一九六一年生まれのわたしにとって、それは「おたく」か「浅いおたく」。サブカルというジャンルの定義が、一九八〇〜九〇年代におけるそれとは変わってしまったらしいのだ。

当時のサブカルは文学、アート、演劇、映画、音楽、漫画と、押さえなければいけないジャンルは多岐にわたっており、かつ、各ジャンルのハイカルチャーにまで目を配っていないと、「サブカルくそ野郎（トヨザキによる自嘲と愛着を兼ねての呼称）」は名乗れなかった。小劇場に足を運び、マルタ・アルゲリッチのリサイタルのチケットを必死で取り、六本木のシネ・ヴィヴァンとWAVEをはしごし、ラテンアメリカ文学を読み耽り、と、いくらあっても足りない時間とお金。それゆえ、社会人になったり結婚したりして脱落していく者は数知れず、バブル崩壊と共に絶滅危惧種と化したのだ。

そんなサブカルくそ野郎の生態と時代の空気をありありと蘇らせてくれる小説が、高原英理《えいり》の『歌人紫宮透の短くはるかな生涯』。これは、一九六二年生まれの紫宮《しぐう》が、長じて天才ゴス歌人として脚光を浴びるも、不慮の事故で二十八年の短い生涯を閉じるまでの物語だ。その中に、サブカル全盛だった八〇年代を象徴するアレコレが大量投入されていて、当時、西武が展開していたカルチャー戦略にどっぷりハマっていた人なら、懐かしさと気恥ずかしさで身悶えすること必至。わたしなども渋谷の雑貨屋「大中《だいちゅう》」で買い求めた、中国の人民帽をかぶっていきがっていた我が身を思い出し、「ぎゃあっ」と声を上げてしまったことではあります。

が、それだけの小説ではない。紫宮透の存在を知って興味を抱いた小説家の〈私〉が、彼の代表的な短歌を選んで解説すると同時に、その生涯についても詳しく触れた〈大島布由季〉の著作『紫宮透の三十一首』を紹介する——というメタフィクションの構造をとった偽書・偽伝ものでもあるのだ。紫宮の短歌を挙げ、それに寄せられた解釈を紹介しながら綴られていく伝記には膨大な注釈が付けられていて、その仕掛けが知的好奇心をあおって素晴らしい。しかも、作中挙げられているたくさんの短歌が、すべて作者の手になるものだというから驚くばかり。かつてのサブカルくそ野郎によるこの傑作八〇年代小説を、今の自称サブカルの皆さんに読んで瞠目してほしいです。

「新文化」２０２１年１月21日号

いろんな人がいてほしい日常の光景

小学二年生の時、母親と近所の川にメダカを捕りに行った。大量のメダカが入っている青いバケツをゆらゆら揺らしながらの上機嫌の帰り道。われわれはテロテロの浴衣をグズグズに着崩し、白髪をボウボウと逆立てた老婆に遭遇した。目が合うや、老人とは思えぬような脚力で言葉にならぬうなり声を上げながら追いかけてくる老婆。恐ろしかった。バケツからバシャバシャと道にぶちまけられていく小さなメダカが悲しかった。で、しばらく泣きながら逃げていたのだけれど、ふと声が聞こえなくなったので振り返ってみると……。老婆は浴衣を腰までたくし上げて、立ちションをしていたのだ。パンツはいてないんだ、女のシッコは後ろに飛ぶんだ。深く感動していたら、また追いかけてきた。怖かった。

中学生の時に住んでいた家の前が、当時は「ケーンケーン」という雉《きじ》の鳴き声が聞こえてくるような、奥に小さな沼を隠した広い原っぱだった。そこに朝夕、薄紫に色あせてしまった学生服とデカパン姿の小さくてガリガリなお爺さんが出現。ぴょんぴょん軽快に跳びはねながら丈の高い草を鎌で刈っている姿を双眼鏡で見るのが好きだった。

ああいう人たちはどこに行ってしまったんだろう。福祉の対象とすべき、自他に危害を加えるかもしれないから家族の見守りが必要などいろんな意見や知見がございましょう。でも、叱られるのは覚悟の上で言うならば、わたしはああいう人たちを日常的に目撃できる世界のほうが好きだ。でも、実際にはなかなか遭遇できないから、本の中にその姿を探すことになる。たとえば、ミランダ・ジュライの『あなたを選んでくれるもの』。

これは、ミランダ・ジュライが市井の人の「売ります」広告が掲載されている小冊子で見つけた興味深い人たちへのインタビューをまとめた本だ。性別適合手術の途中のマイケル、ウシガエルのオタマジャクシを育てているアンドルー、珍獣を飼育して家を動物園化してしまった老女ペヴァリー、足首に自宅拘禁の身であることを示すＧＰＳ装置をつけ、子供向けの商品を売ろうとしている中年男性ロン、顔中ピアスやタトゥーでデコっているダイナなど、総勢十二人の家を訪ね、話を聞くジュライ。

彼女は、この〈探究の旅〉を通し、生身の人間の〈おとぎ話でも教訓話でもなく、本当のこと〉に触れ、〈ズシンという静かな衝撃波を全身で受け止め〉ることになる。読者であるわたしは、常ならぬ生き方をしている人たちによって漂白された日常に風穴を開けてもらい、なんだかせいせいする。立ちションの老婆と学生服のお爺さんに出会えた幸運を思う。

「新文化」２０２１年２月11日号

根がない、根が

三十年近く前、仕事で吉本印天然素材のステージを観るために大阪の劇場まで足を運んだ。チケット購入の列に並んでいたところ、雪がちらつくなか、ステテコ姿でふらふらと自転車をこいでいるおじさんを発見。しかも、頭部が不自然。おじさんはつるつる頭にマジックで七三分けの髪の毛を描いていたのだ。「大阪だなあ」と思った。

後ろに並んでいる女子高生五人組が、しゃべりのうまい子のエピソードトークを絶妙のツッコミで盛り上げているのに耳をすませたり、真っ昼間からあいている飲み屋ですでに泥酔状態のおじさんたちに混じって熱燗《あつかん》をなめている時も、「大阪だなあ」と思った。

わたしは愛知県に育ち、土曜日の午後にテレビで吉本新喜劇を見ていたから、多分関東で生まれ育った人とはちがって、大阪に向ける目はフレンドリーだ。大学進学で上京してからの数年間は、東京の人がオチのない話を平気ですることにいちいち苛《いら》ついたり、わたしのとっておきの語りをオチ寸前でさえぎって割り込んできた人の話がまるで面白くないことに憤懣やるかたない思いを抱いていたくらいだから、日本を東京と大阪に分けたら、もう断然大阪派に属する人間なのである。

岸政彦と柴崎友香の共著『大阪』を読んだ。三十数年前に大学進学のために大阪に来て、以来大阪で生活している岸さん。大阪で生まれ育ち、働き、十五年前に東京に移り住んだ柴崎さん。淀川を愛し、大阪という土地に「自由」を感じ、生活者と社会学者の視点から大阪の特色に肉迫していく岸さん。生まれた街と育った街のこと、小学生から社会人へと成長していく過程で変わっていった行動圏のこと、親しんできた場所や建物や乗り物のことを、自身の履歴とともに愛着の視線で語り起こしていく柴崎さん。

二人の書き手の異なる個性が、かつてと今の大阪を活写する本書は読んで面白いというだけでなく、文士たちによる紀行文『日本八景』や、大勢の書き手が関東大震災後の復興する東京の姿をリポートした『大東京繁昌記』のように資料的価値も十二分にある。すなわち、名著だ。

生まれてすぐ復帰前の沖縄へ。七歳で本土に帰って半年だけ東京都の町田に居住し、愛知県江南市のマンモス団地で小学生時代を過ごして、中学からは名古屋。大学で上京。そんなわたしには、柴崎さんがこの本の中で繰り返す「私の大阪」に当たる場所がない。根がない、根が。だから読んでいてしみじみ淋しい気持ちにもなった。年をとったということか。

「新文化」2021年3月18日号

わたしが今あるのは

恩人は川本三郎さんだ。

一九八〇年代中頃、わたしは小さな編集プロダクションで働いていた。居心地は良かったのだけれど、生活は苦しかった。勤めて一年ほど経った頃、外注された美術館ガイドのムックでデスクに任命されたわたしは、ここぞとばかりに好きな書き手に原稿を依頼した。その一人が川本三郎さんだった。

「電話の依頼じゃなくて、手紙をくれたのが嬉しかった」と、安い稿料の仕事を快く引き受けてくださり、以来、芝居が好きなのにお金がなくてなかなか行けないわたしを「招待状が来たから」と誘ってくださったり、川本さんを慕う編集者らが集う飲み会に連れていってくださったりと、何かと目をかけていただいたのである。劇団から招待状をいただける今なら知っている。招待されるのは本人だけで同行者はチケット代を支払うことを。「招待されたからタダだよ」と連れていってくれた川本さんは、わたしの分のチケット代を払ってくださっていたのだ。

芝居や飲み会だけではない。安月給に汲々としていたわたしを見かねて、編集者に「書かせてあげて」とライターの仕事を頼んでくださることもしばしばだった。ご自分の原稿をまとめる単行本の編集を、版元に頼んでわたしに任せてくれることが何度もあった。リクルート出版

（一九八七年当時）から出た『シングル・デイズ』では、わたしが激推しした藤田新策さんの装画を採用してくださって、藤田さんの絵がスティーヴン・キング作品の装画によって有名になった時、我が事のように喜ばれた笑顔が忘れられない。

一九九〇年代以降、わたしがライターとしてたくさんの仕事をこなせるようになったのは、川本三郎さんのおかげだ。でも、「トヨ坊、トヨ坊」と可愛がってくださった川本さんと、ある頃から疎遠になった。「文学賞メッタ斬り！」の仕事をするようになったせいだ。「批判評を書くスペースがあるなら、好きな作品を紹介すべきだ」と、川本さんから薫陶を受けていたのに、わたしは辛口によって知られるようになっていた。お目にかかるのが怖かった。叱られると思った。だから、避けた。

それから幾星霜。先日、川本さんの対談まとめを担当した若い友人の物書きが「トヨザキさんは川本さんが恩人だと、いつも言ってますよ」とわたしの名を口にしたところ、「だって、あんなに面白い子いないじゃない」と笑って答えてくださったと聞いた。心の中で泣いた。いつかどこかで直接これまでのお礼を申し上げるつもりだ。

「新文化」２０２１年４月15日号

『ミステリアム』を読んでみた

ケモノバカ一代なので、当然、名作『ウォッチャーズ』の後継作品と名高いクーンツの『ミステリアム』は読んだ。高機能自閉症で言葉を発したことがないけれど、ＩＱ一八六の天才でもある十一歳の少年ウッディと、並みの成人以上の知性を有する三歳のゴールデンレトリバーのキップ。両者の魂の奥深いレベルでの結びつきを、ハイテク企業の極秘研究所の爆破事故から発生するサスペンスフルな出来事と絡ませて描き、ハラハラとドキドキが止まらないクーンツ節が健在の展開で最後まで楽しめたのだけれど、わたしは一九八七年に発表（訳出は九三年）された『ウォッチャーズ』のほうに軍配を上げる。

「ミステリアム」というのは、精神感応によって連絡を取り合うことができるキップたち知性を有した犬の集団を指すのだけれど、その始祖が『ウォッチャーズ』に登場する遺伝子工学によって誕生した天才犬アインシュタインであるのはいうまでもない。で、アインシュタインがそうであったように、いや、それ以上にキップは魅力的な犬として描かれている。では、なぜ、『ウォッチャーズ』に軍配を上げるかというと、『ミステリアム』にはアウトサイダーが存在しないからだ。

アウトサイダーとは、人間の手助けをするために改良されたアインシュタインとはちがい、殺戮《さつりく》兵器として生まれた醜悪な生物。研究員から愛されるアインシュタインを憎み、研究所を脱走した天才犬を殺意をたぎらせて執拗に追跡する——という設定なので、読者はアウトサイダーに嫌悪を抱いて読み進めることになる。ところが、クーンツはそんな憎まれ役に最後、とてつもなく切なく優しい場面を用意しているのだ。

まだ幼かった頃、知育のためにアインシュタインと一緒に見せられたディズニーのアニメ。死闘の末、重傷を負ったアウトサイダーが、アインシュタインがクリスマスにプレゼントしてもらったディズニーアニメのビデオを奪い、隠れ処で抱きしめ、「ミッキー、ミッキー」と呟きながら体を揺らすシーンは、思い出すたびに泣けてくる。この名場面ゆえに『ウォッチャーズ』は名作になったのである。

『ミステリアム』にも特殊な古細菌によって化け物に変貌する人間が登場するけれど、こいつは同情の余地なしだからなー。アウトサイダーみたいな可愛げがないもんなー。あ、でも、ケモノバカの皆さんと『ウォッチャーズ』を読んだ皆さんにとっては、味わいどころの多い作品だとは思います。はい、読んで。

「新文化」２０２１年5月27日号

昭和の子

「令和」という元号にもだいぶ耳が慣れてきたけれど、一九六一年生まれの自分はとことん「昭和の子」だと思う。なんたって、昭和二年生まれの父親が太平洋戦争の従軍経験者なのだ。両親が戦中派という世代の最後に、わたしは属している。

この父親、大三というのが、後年、外では人気者だったことを知って驚愕したくらい、家の中ではおっかない存在だった。大三がいるだけで、ピリピリする空気。ホテルマンだからか、シーツにまでアイロンをかけさせたり、食事にうるさかったりと、何かと母に命令口調だったこの男に、わたしは叩かれて育ったようなものなのである。異様に落ち着きのない子供だったから、しかたのない局面も多々あったとはいえ、忘れられないほどの恐怖体験もある。

五歳だったと思う。休日で家にいた大三が、わたしのことを剣呑な眼差しで追っているのに気づいたのは。やがて大三は、戦時中から所持しているナイフを火であぶり始めたのである。危険危険危険危険。これまでの経験上、何かしらの恐ろしいことが我が身に降りかかることを予感したのだが、恐怖で動けない五歳児。「貞江（母）！　ちょっと由美を押さえてろ」で、何が起こったのか。大三はわたしの左ふくらはぎにあった疣《いぼ》のようなものを、スパッと切り取り、そこに熱したナイフをジューッと押しつけたのである。泣き叫ぶ五歳児。「病院に連れていけばいいじゃないの」とうろたえる母。しかし、大三は言い放ったのである。

「このくらいのできもの、軍隊じゃ自分で治すんだよ」

後年、映画『ランボー』で、主人公が撃たれたかなんかした傷を、かなり過激なやり方で自力で治しているシーンを見て「たしかに」と思ってしまったわたしも頭がおかしいのだけれど、戦争経験者がハンパねえことを家庭内で学んだ自分は、やはり昭和の子なのだと思う。

森正蔵《しょうぞう》『解禁　昭和裏面史――旋風二十年』という本がある。戦時中は報道できなかった事実を詳《つまび》らかにした戦後のベストセラーだ。一級品の戦争証言なので今こそ読まれてほしいのだけれど、とりわけ末期における軍部の狂気に呆然必至。その愚策のひとつ、飛行機がなくなった後の特攻隊員を人間魚雷「回天」といった自爆作戦に投入するくだりに出てくる、特攻ボート「震洋」。大三はそれに乗ることになっていたのだ。終戦があと数カ月遅かったら、わたしは生まれてこなかった。ふくらはぎに今もうっすら残る疣の痕は、昭和の刻印のようなものだと思う。

「新文化」２０２１年６月17日号

バカでダメだった若い頃

たまに若い世代の前で話をする機会があるのだけれど、締めの言葉はいつも同じで、「こんなわたしでもなんとか生きてるので、絶望せず、目の前の球を打ち続けていってください」。

というのも、今でこそ「書評家」なんて肩書きを添えてもらっているものの、ひどいバカだったのだ、若い頃のわたしは。東洋大学文学部印度哲学科という潰しのきかない学科に在籍。バブルの前だったから就職戦線は厳しく、企業側からの「大学足切り」によってちゃんとした会社の試験すら受けられず(たとえ受けられたって、合格できるような成績も頭脳も持ち合わせていないのですが)、四年生の冬になっても、なす術もなく家でごろごろしていたのである。

そんなある日、小学館から速達が。

「すわっ、合格通知⁉」

もっ、心臓バクバク。大げさじゃなく、ホント、震える指で封をあけたら……。なかから出てきたのは「Ｇｕ－Ｇｕガンモ」の腕時計だったのだ。夏頃に「週刊少年サンデー」の愛読者プレゼントに応募した、その当選品。あの時は笑ったなー。だって、わたし、小学館の試験受けてないんだもの。人間切羽詰まるとおかしくなるという見本なんだすわね。だすわよ。

その後、なんとかもぐりこんだ編集プロダクションの薄給に困窮し、「クールガイ」というポルノ雑誌の記事を、ひとりで半分くらい書きまくってた時期もあったなあ。そこでのコラムのひとつが「ヘレナおばさんのHな相談室」。そりゃもう、いろんな質問に答えたものだ。答えたどころの話じゃない。質問も自分で作っていたのである。

「彼氏と初めてセックスをしたんですけど、あたしの興奮して大きくなったクリちゃんに触れた彼から『でかすぎね？　おまえ、ふたなりなんじゃねえの』と気味悪がられてしまったんです。彼からはその後、連絡がありません。ヘレナおばさん、ふたなりって何？」

こういう質問を自分で作り、自分で答える二十四歳女子。哀しいですか？　哀しいですっ！

女性の体験手記のページでSMがテーマになった時なぞ、そんな経験ないから団鬼六先生の小説を熟読。人差し指と薬指を両腕に、親指と小指を両足に見立て、小説のなかで描写されている縛り方を糸で実践し、「ホントに動かないっ。すごいよ、亀甲縛り！」とか感激している土曜深夜の二十四歳女子の姿を、イマジン、想像してごらん。

そんなわたしも先日還暦を迎えました。若い方々に安心安全の気分をという一心で恥をさらしてみた次第です。

「新文化」２０２１年７月８日号

山崎おじさんの話（一）

山崎おじさんはどうしてるだろう。おじさんといっても親族ではない。東洋大学文学部印度哲学科の先輩だ。わたしが入学した時には三年生だったのだけれど、その時点ですでに二十七歳だった。

当時の洋大の白山《はくさん》キャンパスは、ものすごくボロかった。学食の椅子の七割は半壊しており、学生はグラグラするそれの上で、バランスを取りながら飯を食らうありさまだったのだ。文化サークル連合が占拠している旧七号館は、いつ崩壊してもおかしくないほどの廃墟感をかもし、その脇の中庭には、印哲の自治会が無断で建てた畳敷きのプレハブ小屋があり、わたしたち一年生の数人はマルクス主義の勉強会に参加することと引き換えに、そこでダラダラする権利を得ていた。山崎おじさんと出会ったのは、その自治会が主催した新歓焼き肉コンパの場だ。

隣に座ったおじさんの食いっぷりは凄まじかった。次々と肉を口に入れ、休むということを知らない。呆然と見守るわたしの視線に気づいた山崎おじさんは、汗臭いトレーナーをめくると、山のように大きく盛り上がった己の腹を見て、こう言った。「もうお腹いっぱいだった」

よくよく話を聞くと、おじさんは満腹中枢がおかしいからいくらでも食べれてしまって、こうしてお腹がどのくらい膨らんでいるかをチェックする必要があるのだそうだ。

「チェックし忘れたら？」「鯨が潮を吹くように、ぶわーって吐き上げちゃうの」

以降、二度と宴会の場で山崎おじさんの隣に座らなかったのはいうまでもない。

おじさんは一年三百六十五日、カレーを作り続けている人でもあった。なので、わたしたちはお金がなくなるとおじさんのアパートを訪ねて食費を浮かしていたのだが、ある夏の日——。

パチンコですった高橋くんとわたしがアパートの戸をほとほと叩くと、勢い込んでドアをあけた山崎おじさんは、わたしたちの好きなオヤツを聞くや、近所のスーパーに駆けていった。で、わたしの前には高橋くんが好きなチョコレート、高橋くんの前にはわたしが好きなアイスクリームを置いて「食べて」と勧めたのである。

わけもわからないまま互いの好物を食べ続けているわたしたちを交互に見やっていた山崎おじさんは、やがて期待に満ちた声でこう訊いた。「シンクロニシティ、来た？」

当時ユングに凝っていたおじさんが思いついた、共時性（シンクロニシティ）発動行為の実験台にされたのである。おじさんによれば、人間には各人が発している波長があり、その波長が一致した時に共時性が発現すると。では、どうしたら一致させることができるかといえばセックスなんだけど、まさか「セックスしてくれ」とは言えないから、食欲のほうで試してみたのだそうだ。ああ、山崎おじさんの話はまだまだ尽きない。というわけで、次回に続く。

「新文化」２０２１年８月19日号

山崎おじさんの話（二）

満腹中枢が壊れていて、一年三百六十五日カレーを作り、ユングに凝っていた山崎おじさんが次にはまったのが、台湾旅行で見つけてきたタイガーバームだった。全裸になり、耳や鼻の穴、乳首、おチンチンの先にタイガーバームを塗って、深夜に近所を疾走。「あ〜。気持ち、いい」とうっとりするおじさんは、健康法としてわれわれ後輩にも熱心に勧めてきたものだった。

山ほど買いこんできたタイガーバームを使いきった頃、山崎おじさんは瞑想家のバグワンにはまりし、毛という毛を剃った全身に真紅の袈裟をまとって、インドにある修行場かなんかに旅立っていった。羽田まで見送りに行ったのだけれど、正直「この人の知り合いだと思われたくない」とよそ見ばかりしていた不人情な自分の姿を思い出す。で、そこで消息は途絶えたのである。

ところが、その数年後、山崎おじさんは意想外なかたちで、再び姿を現すことになった。顔は田中裕子に似てきれいなのに底意地が悪く、アソコでバナナを切るという妙技を持つ、わたしの当時の親友・M山Y子。晩秋の深夜二時頃、東急東横線・妙蓮寺駅のY子実家近くで拡声器からの声が響き渡ったのだ。

「Y子ちゃーん、バグワンにY子ちゃんと結ばれる啓示をいただきましたー。Y子ちゃーん」

インドから帰った山崎おじさんはいったん山梨の実家に戻り、廃品回収の仕事に就いたのだけれど、その業務用の車でY子のもとまでやってきたらしいのだった。騒然となる妙蓮寺の住宅街。Y子の父の通報により、おじさんは警察に連行されてしまったのである。

その後、実家に連れ戻され、生協の職員の仕事を得たというところまでは、われわれも動向を把握していたのだが……。

そんな山崎おじさんに勧められて読んだのがミルチャ・エリアーデだった。ルーマニア出身の宗教学者にして小説家。現実世界に幻想的なイマージュがしのびこみ、異界へと読者を連れ去る系の物語を数多く残している。聖なるものの顕現（ヒエロファニー）という概念で読み解かれることの多い作家だ。

わたしのエリアーデ初体験は、中篇『ホーニヒベルガー博士の秘密』。物語は、未知の夫人から届いた手紙「最近東洋から帰ってきたあなたなら、夫が集めたコレクションの調査に関心を持つのではないか」がきっかけで動き出す。夫人の夫がインドのとりこになったきっかけのホーニヒベルガー博士の著作。主人公は夫人と共に、その夫が探っていたという博士の秘密に迫っていくのだが――。この後、読者を待ち構えている幻惑的な幕切れが見事。読み終えて、エリアーデを教えてくれたことに感謝したのはいうまでもない。

山崎おじさんは今どこでどうしているだろう。

「新文化」２０２１年9月9日号

おまけエッセイ4
たまには浴びます、洗います

痒い、痒い痒い痒い。原稿を書きながら耳の後ろを掻くと、ぽろぽろぽろぽろ垢が出る。

「ああ、夏がきたんだなあ」

そんな風に季節の移り変わりを知る、トヨザキだったんであります。ところが、なんということでしょう、ここ数年、垢がほとんど出ないんですの。

「加齢？」

そんな風に人生の秋の訪れを知る、生まれて半世紀のトヨザキなわけですが、年をとって体から脂分というものが減っていき、汚れの実感が得られなくなりつつある今、ますますもって入浴の根拠を見失っておりますの。

お風呂が大っ嫌いなんです。子供の頃からずーっと嫌いなんです。父親や母親に抱えられて無理矢理入浴させられるたび、ぎゃん泣き。シャンプーのたび、絶叫。そのくらい、嫌いだったんです。

　唯一好きだったのが、真夏の行水。生誕直後から小学二年生まで、ホテルマンだった父の仕事の都合で、本土復帰前の沖縄に暮らしていたんですが、その頃、夏が来ると、日曜日の昼間バスタブに水をはってもらって、九歳年上の姉と入るのを楽しみにしておりましたの。当時、父は日曜日になると独身の部下を家に呼んで母の手料理をふるまうのを習慣としており、あの日も二十代の若い男子が数名、拙宅でくつろいでおったでしょうか。姉と二人行水を楽しんでいた四歳のわたしは、ある発見に大変な衝撃を受け、素っ裸で居間に駆け込んでいったのです。


「おねえちゃまがっ」

「滋美《しげみ》がっ？」

「おねえちゃまにっ」

「滋美にっ？」

「毛がっ！」

「毛が？」

「ここんとこに、毛がっ！」


　姉が二度とわたしと一緒に行水をつかってくれなくなったのはいうまでもありません。

　閑話休題。さて、そんなふうに行水は好きなのにお風呂が嫌いだったのは、体を洗わなくてはならなかったからなんですの。なぜか。面倒臭いから。タオルに石けんをこすりつけて泡立てて、全身をごしごしこする。想像するだけでげんなりいたします。なので、両親と一緒ではなく、単独風呂が許されるようになってからのわたしの入浴っぷりの雑さ加減といったらありませんでした。もちろん、体は洗いません。ざぶんと浴槽に入り、数を数えるだけ。百。でも、熱いのが嫌いなので、最初は「いーち、にぃ、さーん」とゆっくり数えていても、最後のほうは「きゅじゅはちきゅじゅくひゃく」と駆け足。

あれは小学四年生の時だったでしょうか。学級担任の先生から持たされた手紙を読んだ父親が、大魔神のごとく激怒。どうやら、手紙には「もっと清潔にしてあげてください」みたいなことが記されていたらしく、以来、両親はわたしが風呂からあがるたびに、耳のうしろや首筋、ひざの裏側などをくまなくチェックするようになり、そこから垢めいたものが出てきた場合、浴室に引き返させるようになったのでございます。

こうやって書いていくにつれ、どんどん記憶が蘇ってまいりましたが、体を洗うのが面倒臭くて嫌いなわたしは、もちろん洗髪はもっと嫌いだったので、中学に上がって、さすがに親の入浴チェックを受けなくなった頃、こんなことがあったのを思い出します。

いろいろあって、姉が死に、その翌年母も死に、仕事が忙しい父とはあまり顔を合わせなくなったのをこれ幸いとばかりに、洗髪を十日くらいしなかったんですの。部活で毎日大量の汗をかいている十四歳女子が、夏の盛りに十日洗髪しないとどうなると思いますか、皆さん。そっと目を閉じて想像してごらん、世界のどこかにそんな女の子がいることを。

フケが出るのは最初の三日間だけです。以降、髪は近くの髪と仲良く絡まりあい、やがて固まってゆくのです。そう、いわゆるレゲエな状態に近づいていくわけです。走っても、なびきません。風が吹けば桶屋が儲かる前に臭います。無風状態でも自分で自分の臭さが認識できます。我臭う、ゆえに我在り。さすがにそんな状態になれば、わたしでも洗おうという気になりますわね、なりますわよ。で、洗いました。

ところが、洗えないんです。シャンプーも太刀打ちできない脂成分で、がっちりコーティングされた頭髪が、水分をはじきまくるんですの。格闘すること一時間。シャンプーがカラになりました。当時はシャワーがなかったので、バスタブのお湯がほとんどなくなりました。指がふにゃふにゃにふやけました。以来、さすがに三日おきに洗髪するようになったトヨザキだったんだすわね、だすわよ。

……まだ読み続けてくださってる方はいらっしゃるのかしら。以前、ツイッター（現X）でこの手の話を投稿したら、あっちゅう間に百名以上からフォローを外された経験がありますし、本誌前号（本書92ページ「おまけエッセイ3」）で「生活の一切合切を近所に住んでいる町田さん一家に依存している」という内容のエッセイを書いたところ、たとえば漫画家のいしかわじゅんさんのような思わぬ方から、ツイッターで「トヨザキは大丈夫なのか」と懸念を表明されたりもして、内心『生活考察』読んでる人なんて少ないんだから、へーきへーき」と高をくくっていたトヨザキ驚愕といった経験もいたしましたので、こんな汚ネタを明らかにして今後の書評家人生にさしさわりはないのか不安がわき上がってくるわけですが、もういいや、他人からどう思われたって、五十歳だし、汚バアと呼びたきゃ呼べ。そんなアンニュイな気分です。

閑話休題二。さて、しかし、そもそもわたしは何故に風呂に入らなければいけないのか。答えは明らかです。トヨザキもまた社会の一員だからであります。入浴が嫌い、洗髪が面倒臭いからといって、他人様に臭い迷惑をかけてはいけません。なので、もちろん、外出する前は風呂に入ります。……あ、すみません、若干嘘を申しておりました。シャワーです、シャワー。浴槽にお湯をはったりしないんですの、わたくしは。

シャワーで全身を濡らす↓シャンプーで頭を洗う↓その泡を手につけて、手が届く範囲で体をこする↓全身の泡を流す↓リンス↓流す↓拭く。これだけ。だからなのでありましょうか、加齢が進む最近ではそんなこともなくなりましたが、四十代後半くらいまでは、肌がシャワーのお湯をはじいたもんです。そう、まるで楊貴妃のように。思うんだけどねー、みんな、体洗いすぎなんじゃねーのー。ごしごしこすりすぎなんじゃねーのー。それって、ほんとにお肌の美容にいいのー。そんなこと五十歳未婚の独居汚バアに言われたくないですか、そうですか、そうですね。

　絶対行かないけど、韓国の垢すりを試したら、自分の背中からどれだけの垢が出てくるのか、うっとり想像することはあります。岩手の民話に「力太郎」ってあるでしょ。えらく長いこと入浴していなかった老夫婦の体から出た垢で人形を作ってみたら、立派な男の子になり、最終的に鬼退治したって話。そのくらいの量出てきそうですよねえ、わたくしの背中からは。作りてーなあ、力太郎。代わりに原稿書いてくんねーかなあ、力太郎。

　閑話休題三。や、だから、外出の際は面倒臭さをのりこえ、がんばってシャワーを浴びますし、髪も洗うんですの。問題は外出しない日が続く場合です。ここまで赤裸々に書いてきてしまったんですから、正直に申し上げましょう。

　浴びません。洗いません。

　それゆえに、拙文冒頭の垢エピソードが生じるわけです。とはいえ、本誌前号（「おまけエッセイ3」）で書いたように、近所に住んでいる町田さん一家とは一緒にご飯を食べることもあるので、たまには浴びます、洗います。たとえば、一週間外出予定がなかったら、その間、一回くらいは浴びて、洗うことでしょう、夏だった場合には。

冬？　冬なら浴びません、洗いません。だって、冬だもん。汗かかないもん。五十歳なんだもん。脂出てこないんだもん。

　こんなわたしでも誘われて温泉旅館に行くことはあります。自慢ですが、強羅《ごうら》花壇に行ったことすらあります。そんな時、わたしはどうするか。まず、部屋付きの風呂に入って、念入りに体を洗います。そのくらいの「自分は汚い」という認識はあるわけです。で、大浴場に行きます、嫌々。そう、本当は入りたくないんです。温泉なんかに浸かりたくないんです。温泉だろうが、なんだろうが、嫌いなものは嫌いなんです。けど、雰囲気を壊すじゃないですか。同行者たちが「わーい、温泉だ、温泉だ」と盛り上がっているのに、自分だけ「嫌いだから、入らない」とは言えないじゃないですか。なので、人が少ない時間帯を見計らって、十分くらい、嫌々、一回だけ入ってくるんですの、みんなは三回くらい入るのに。「じゃあ、温泉なんか行かなきゃいいじゃないか」とおっしゃいますか、そうですか、そうですね。でも、温泉旅館自体は好きなんだもの。お部屋で、くつろいで、TV見ながら美味しい料理を食べるのが好きなんだもの。

　こんな顰蹙《ひんしゅく》をかうこと必定の原稿を書いている今も、考えてみたら五日間シャワーを浴びていません。次の外出予定日は三日後です。ビミョー。ちなみにわたしは夜シャワーを浴びるのが嫌いです。いつも出かける当日の朝に浴びています。酒を飲み始めたら面倒臭い気分に拍車がかかるからです。なので、今晩は確実に入浴しません。

でも、明日の朝シャワーを浴びたら、その二日後にまた浴びなくちゃいけないわけで、
んー、なんか、それって自分的には浴びすぎ？
多分、浴びないなー。

「生活考察」Vol.03　2012年4月

第五章
かつてカメラマンアシスタントだった（嘘）

かつてカメラマンアシスタントだった（嘘）

髪を切ってもらう時、わたしはなるべく厚い海外文学を持参して、読み耽る姿を演じるようにしている。担当の美容師さんとは必要最小限の会話しかしない。というのも、大変苦い思い出があるからだ。

今からおよそ二十五年前、初めて入った美容室で職業を訊《たず》ねられたわたしは、何を思ったのか、「写真の専門学校に通ってるんですよね」と答えたのである。「普通の企業に勤めていたんですけど、一念発起して昨年から通い始めたんです」と。以降、その美容室で三十五歳の専門学校生として応援されることになってしまったわたくし。

「卒業できました」「マガジンハウスのスタジオで、カメラマンアシスタントとして雇ってもらえることになりました」。そこまでは、よかった。美容室に行く前にマガジンハウスから出ている雑誌をパラパラめくって予習を済ませ、「最近はどんな撮影を手伝ったんですか」と訊かれれば、「○○先生が野球選手の××さんを撮った『Ｔａｒｚａｎ』かなあ」なんて答えたりして。和気藹々とヘアカットは進み、数年が穏やかに過ぎていったのである。そういう会話で済ませていられるうちは、ほんとに、よかった。ところが――。

魔が差したとは、あの時のことを指すんでありましょう。忘れもしない二〇〇三年十月。その日、「ａｎ・ａｎ」を眺めていたわたしは、岡田准一のヌード写真を指さし、「この岡田くんのお尻にレフ板当ててたの、わたしなんですよね」と口走ってしまったのだ。「えーっ！」、カットの手が止まる担当さん。「ちょっとちょっと、トヨザキさん、岡田くんのヌード撮影に立ち会ったんですって」と叫ぶ担当さん。「えええーっ！」、騒然となる店内。なめていた。わたしはジャニーズ・パワーをなめくさっていた。いつになく食いついてくる担当さん。我々の会話に息を呑んで聞き入る店内の人々。引くに引けず、岡田くんのお尻がいかにきれいかと嘘八百を並べ立てるトヨザキ。

この日から、美容室通いは地獄と化した。毎回、根掘り葉掘り訊かれるから予習が大変。岡田くんクラスのインパクトを求められるから困憊《こんぱい》。が、そんな地獄も、数年後、担当さんのひと言で終焉を迎えたのだ。

「こないだチャンネルをザッピングしてたら、トヨザキさんが映ったんですよねえ……」。それはたまに出演していたＮＨＫの書評番組『週刊ブックレビュー』。「あー、そういう副業もしてるんですよねえ（笑）」という苦し紛れの言い逃れを許さない冷ややかな視線……。

その美容室に通えなくなったのはいうまでもない。

「新文化」２０２１年10月14日号

四十四年来の喫煙者ですが、それがなにか？

過日、トークイベントでご一緒した小説家の小川哲さんと互いが手にしたものを見合って、「おおっ」と共犯者の笑みを交わした。それは最新型のアイコス「イルマ」。ついに手入れをしなくてもいいアイコスが登場したのである。各社が発売している機種は全部買って試したものの、どれも一長一短で、とりわけ残念なのが、味わいは一番紙煙草に近いのにクリーニングが面倒なアイコスだったのだ。

はい、わたくし、いまどき珍しい喫煙者です。外でこそ電子タバコを使っていますが、家では今でも換気扇の下で紙煙草を愛飲しています。初めて吸ったのは十六歳。父親がカートンで買っていた「ラーク」をちょろまかしておりました。一九七〇年代にあって、喫煙は若者にとってなんら珍しい嗜好《しこう》ではなく、ロック喫茶に行けば同世代の連中のほとんどがスパスパやっておったもんです。

はっきりと風向きが変わったのは一九九〇年代。禁煙先進国のアメリカでは、煙草がやめられない人間は自己管理能力が低いという烙印《らくいん》を押され、州によっては全面禁煙条例が発令され、国内線の飛行機は全席禁煙に。わが国でも九五年あたりにはすでに嫌煙運動が盛んになっており、某高級カード会社の会員誌で『スモーク』（一九九五年）という映画を紹介したら、批難の投書がごちゃまんと届いたっけ。

これは、日本にもファンが多い小説家ポール・オースターの『オーギー・レンのクリスマス・ストーリー』が原作で、オースター自身が脚本も担当したウェイン・ワン監督作品。妻を亡くしてから新作が書けない小説家のポール、やばい金を抱えて逃げながら蒸発した父親を探している黒人少年ラシード、毎朝八時に同じ街角の写真を撮り続けている煙草屋のオーギー。この三人を中心にニューヨークはブルックリンの下町人間模様をしみじみと、かつコミカルなタッチでスケッチすることで、煙草の煙に託したはかなく消えていくばかりの思いの在りようを描いた、小品ながらいつまでも心に残る映画だったのだ。

「タバコ屋はそのうち営業停止」「タバコを吸う者は並べられて射殺さ」「タバコの次はセックスだな。他人に笑いかけるのも違法になる」とは映画の中で交わされる会話。マナーを守っているかぎりは大目に見てほしいったって嫌煙家は聞いちゃくれないだろうけど、わたしはかっこ悪い電子タバコを吸いながら、あの時代のマッチをシュッとつけて片手で風をよけながら煙草に火をつける仕草がもう見られないことを、ちょっと淋しく思ったりもする。

「新文化」２０２１年11月11日号

失われた耳クソを思う

ドイツを代表する現代作家の一人、ユーディット・シャランスキーの『失われたいくつかの物の目録』は、物語の力で十二のかつて在ったものたちを忘却の淵からすくい上げようと試みる短篇集です。

海洋地震で沈んでしまった島。一九五〇年代に絶滅したカスピトラ。動物学者が捏造《ねつぞう》した一角獣の骨格標本。一七世紀の画家にして建築家の重要作とされながら、今や廃墟すら撤去されてしまった邸《やしき》。一八世紀の画家ゲインズバラの代表作を模した絵が登場する、ムルナウの散逸してしまった最初の映画。紀元前七世紀の女性詩人サッフォーの、ほとんどが失われてしまった恋愛歌。一九四五年に焼失した由緒ある城。三世紀にすさまじい勢いで信者を増やしていったのに、原典の行方が知れないマニの七経典。火災によって失われた一八世紀の画家カスパー・ダヴィッド・フリードリヒの作品。人類の知識をテーマごとに記したプレートを、木々にくくりつけた森の百科事典。東ドイツと、そこに存在した共和国宮殿。月を愛した天体観測愛好家が一九世紀に発表した月面図。

作者はこれらの失われたものたちを、自然科学、歴史、博物学、思想、美学、文学に関する深い教養に裏打ちされた多彩な文体で今に蘇らせているんです。で、この造本美しき高尚な小説を読んでいるあいだ中、脳裏に浮かんでいたのが自分の耳垢のことなんであります。

なぜ、これまでの耳垢をとっておかなかったのか。自分自身で「耳クソをほじくる」（一般にこんな言い方はせず、「耳垢を取る」という言い回しを知った時には驚いたものです）ようになって以来、この行為を何よりも愛し、血が出てしまうくらい頻繁に繰り返したため、母に耳かきを取り上げられたこともありました。しかし、耳の奥で鳴るガサガサッという心地よい音と、大物を掻き出せた時の快感たるや！　血が出ようともやめられるものではありません。

実際、幼い頃は溜めてたんです、コルクで栓ができる小さな瓶に。でも、母に捨てられてしまったことで自暴自棄になり、溜めることを止めてしまった。それが今となっては口惜しい。わたしの失われてしまった耳クソは一体どのくらいの量になっていたことでしょうか。耳が横に出っ張っている上にショートヘアのせいか、耳クソが溜まりやすいわたしのことです。一升瓶くらい溜まっていたのではないでしょうか。その一升瓶をそっと揺らして鳴る音はどれほど心地よかったことでしょうか。

人生最大の悔いとしかいいようがありません。

「新文化」２０２１年12月９日号

小説よ、新奇であれ珍奇であれ

「「「「あ！」」」」

この意味、わかりますか？　四人の人物が同時に「あ！」と言い放ったという表現なんです。ずいぶん前になりますが、あるライトノベルの作品でこの一文を目にした時の興奮は今も覚えています。演劇や映画のような視覚芸術では可能で、小説では不可能だった複数の人物の同時発声。それを可能にする大発明に、トヨザキ興奮つかまつり候の巻だったんであります。

でも、その後、この驚異の発明が多用されるようにはなっていません。なんで？　みんな、使えばいいのに。どうしてほとんどの小説家は、縦書きの文章を右から左へと書き連ねていくというスタンダードな筆致から逸脱しようとしないんでしょうか。流行作家になる前の若き日の夢枕獏は、小説にタイポグラフィ（活字を使った技芸）を持ち込んで遊んでましたし、海外に目を向ければマーク・Z・ダニエレブスキーの『紙葉の家』やサルバドール・プラセンシアの『紙の民』といった正攻法を逸脱しまくった傑作が見当たりますが、日本の現代作家は総じておとなしいもんです。

一月十九日に受賞作が発表された第一六六回芥川賞。三回目のノミネートでまたしても受賞を逃した乗代雄介の『皆のあらばしり』に対して、ある選考委員が「作り手として小説を構築する手つきが見えすぎている」という否定的な意見を述べたそうなんですが、手つきが見えすぎることの何がいけないんでしょうか。発言主はポストモダン小説に親しんだことがあるのでしょうか。

そもそも小説なんて、詩歌や戯曲と比べれば若い芸術なわけです。だからこそ「ノベル（新奇なるもの）」というジャンル名がついたんで、何やったっていいんですよ。実際、一七一三年生まれのロレンス・スターンが遺した『トリストラム・シャンディ』なんか今読んでも新奇で珍奇。あ、そういえば最近、爆笑ポストモダン小説『老人ホーム』で知られるB・S・ジョンソンの、トリストラム・シャンディばりの実験小説『The Unfortunates』の翻訳に、若島正さんがついに着手したという、推定五千人の海外文学ファンが一斉に「「「「わあ！」」」」と歓声を上げる噂が流れてきました。

日本の意気軒昂な小説家の皆さん、先行する破天荒な作品を読んで、小説は何をやってもいい自由な表現ジャンルなんだということを再確認してください。伸び伸びと逸脱しちゃってください。

「新文化」２０２２年１月27日号

若い世代に刺さる小説『ブラックボックス』

過日発表された第一六六回芥川賞受賞作は、砂川文次《ぶんじ》の『ブラックボックス』。主人公は自転車便で働いている二十八歳のサクマです。優秀なメッセンジャーなのですが、落車事故を起こしたのをきっかけに、これが長く続けられる仕事ではないことを再認識。「ちゃんとしなきゃ」と気持ちをあせらせるんですが、これまでも「ちゃんとした」ところで長続きしなかった自分を、どこかで諦めてしまっているような気配もあります。

サクマには円佳《まどか》という同棲相手がいるのですが、その生活描写から一転、一行あけて始まる物語後半は刑務所内での話になっていきます。この唐突とも思える切り替え、自転車で疾走する「動」から刑務所の独房での「静」という急激な変化に、一瞬読んでいるこちらの脳がついていかない。そのわずかな誤差が、なぜ彼が刑務所にいるのかという事情が少しずつ明かされていく中で縮まっていくのがスリリング。〝読ませる〟ための工夫として、この切り替えは実に効果的なんです。

自転車で走っている時に見かけた、ガラス張りでも中がどうなっているのかがわからないビルのように、人間の心の中にもブラックボックスはあって、サクマのふいにこみあげてくる怒りや理屈にならない思いもそこからやってくる。その実感が、リアルな感触で伝わってくる文章表現も素晴らしい。息苦しさと生きづらさが我が事のように迫ってくる、若い世代に訴えかける力を備えた作品なのです。

これを読みながら、わたしは二十三歳の頃を思い出していました。わずか四ページのニュース紙の中に飲食店のサービス券付きチラシをはさみこんだものを、会社や区役所の昼休み、机の上に配布して回るという仕事。スクーターの足の間に大量のニュース紙を詰めた袋をはさんで、毎日、都内を走り回っていたんです。

大手出版社の横を通るたび痛いくらいの憧れを募らせつつ、絶対無理だなと諦めている自分が惨めに思えた日々。そんなある日、高層ビルのオフィスを上から順々に降りて配っていくとなった時、エレベーターを待っていたのでは間に合わないので非常階段を使ったんですが、下のほうからハモニカの音が聞こえてきて……。そっと降りていくと、スーツを着てしゃがんだ青年が背中を丸めて吹いていたんです。一流企業に入社できたって、やっぱりつらいことはある。そのまましばらくの間、ハモニカの音に耳をすませていたかつての自分に『ブラックボックス』を読ませたら、泣いてしまったかもしれません。

「新文化」２０２２年２月17日号

第一回IWGP優勝戦を生で観た話

過日、吉田豪《ごう》『書評の星座　紙プロ編』が書店「書泉グランデ」によるプロレス本大賞二〇二一の技能賞を受賞した記念トークイベントのお相手として招かれた。

これは、一九九五年から二〇〇四年に刊行されたプロレス本のほとんどに目を通し、その内容を紹介しながら歯に衣着せぬ物言いで論評を加えているという、同業者にとっては悔しいくらい痛快な書評集。引用を大事にしていたり、良いと思えない本に対しては一切忖度《そんたく》しない筆致を採用していたりするのが自分の書評の書き方と重なって、我が意を得たりの一冊と思ったりもしました。と同時に、胸中にこみあげたのは懐かしさ。プロレスにはまって、蔵前国技館や後楽園ホールに足しげく通っていた二十歳からの約十年間を思い出したからです。

誇れることがほとんどないわたしの数少ない自慢のひとつが、第一回IWGP優勝戦（一九八三年六月二日）を生で観ていること。そう、ハルク・ホーガンからアックスボンバーを食らったアントニオ猪木が、リングサイドに落ちた際に頭を打って気絶し、失神KO負けを喫した世紀の一戦です。

で、ですね。あの気絶には伏線があるのですよ。その前にリングサイドでさんざんホーガンからやられていた猪木は、すでに頭が朦朧《もうろう》としていたのか、先にリングに戻っていたホーガンに対し、ロープの下から転がるように戻るのではなく、トップロープから顔を出してしまったんです。プロレス者の皆さんならご存じのとおり、猪木のプレイスタイルは相手の技を受けて、受けて受けて、その果てに卍固めや延髄斬りで大逆転というものです。なので、ホーガンは「猪木はまだ大丈夫」という認識で、ロープ越しにアックスボンバーを食らわせたのでしょう。ところが！

リングサイドに横たわった猪木の口からは「牛タンかよ！」と声を上げてしまうほど舌が長々と伸びていて、トヨザキ震撼。リング上のホーガン顔面蒼白。レフェリーから高々と手を上げられたホーガンの「シナリオとちがうことやっちまった。あー、俺、もう新日のリングに上げてもらえないかも……」という心の声が聞こえてきそうな半泣き顔が忘れられません。

という光景をはじめ、当時応援していた長州力やブルーザー・ブロディの試合が、豪さんの書評集を読みながら思い出され、気持ちは二十代に逆戻り。でも、なぜそんなにもプロレスにイレ込んでいたのかといえば、それはまた別のお話です。いずれ明かすことがあるかも20%、ないかも80%。

「新文化」２０２２年3月17日号

キャッチボールが好きだった

埼玉西武ライオンズが福岡ソフトバンクホークス相手にトリプルプレーを成立させた瞬間をベルーナドームでじかに目撃した日、ZOZOマリンスタジアムでは千葉ロッテマリーンズの佐々木朗希《ろうき》選手がオリックス・バファローズ相手に、日本プロ野球史上十六人目となる完全試合を二十八年ぶりに達成した。四月十日は野球の神様が大盤振る舞いをしてくれた日として、トヨザキ、生涯忘れることはありますまい。

小さい頃から野球好きだったわたしが、中学で入ったソフトボール部の練習で一番楽しんだのはキャッチボールだった。百往復連続で達成しないと終われないその練習を、いつも一緒にやっていたのが三遊間を共に守るショートのMさん。ボールのやり取りを集中してリズミカルに続けていると、Mさんとわたしの間にぴーんと糸が張られたようになる。すると世界は二人だけになって、永遠にキャッチボールを続けることができる。そんなゾーンに入る境地が快感だったりしたものだ。

寺山修司が書いた野球の寓話をうろ覚えだけど紹介したい。口がきけない二人の啞者が互いの気持ちを確かめ合うためにキャッチボールをしていると、意地悪な男がやってきて棍棒でボールを弾き飛ばした。すると七人の啞者がやってきて二人を守り——それが野球というスポーツの原初の風景だと寺山は記していて、キャッチボールが気持ちのやり取りと通じ合うことを経験したわたしはそのヴィジョンが好きなのだ。

　野球といえばもうひとつ紹介したいのが、チャド・ハーバックの『守備の極意』。芸術的なまでに正確無比な守備と送球によって、やせっぽちの高校生ヘンリーが大学野球部の正捕手マイクを魅了する、夕暮れ時の野球場の描写からこの物語は始まる。自分の大学に引き抜いたマイクの見込みどおり、ヘンリーは早々に正遊撃手の座を奪取。三年生になると、往年の名ショートが持つ連続無失策の全米記録にあと一試合というところまで迫るのだ。ところがその大事な試合で、ヘンリーの送球はふいに吹きつけた強風によって軌道を狂わされ、その瞬間から彼は天才的な感覚を失ってしまい――。

　たった一度の失敗が、ヘンリーだけでなく周囲の人間の人生にも大きな影響を与えていくという構成と、メルヴィルの『白鯨』といったアメリカ文学への目配せが、この物語を野球小説以上の何かにしている。四月十日を忘れない野球ファンのみならず大勢の方、とりわけキャッチボールの最高の相棒だったMさんにお薦めしたい逸品なのです。

「新文化」２０２２年４月14日号

いち下読み委員からの提言とお願い

今回は文芸誌編集者の皆さんには不愉快かもしれないことを書きますので、あらかじめ謝ります。すみません。

何の話かというと、公募型新人賞の「下読み」に関することです。一次二次までを書評家や批評家や新人作家などからなる下読みが担当し、そこから上がってきた作品を編集部全員で読んで、最終候補作を決定する。文芸誌によってその過程は異なりますが、ほとんどの新人賞には下読みという階層が存在します。これまで経験した下読みでは江戸川乱歩賞のギャランティがもっとも納得のいく額でしたが、エンターテインメント系はそれしかしたことがないので、他の賞のことはわかりません。問題は純文学です。一本二千円から四千円で、労力からすれば四千円がぎりぎり許容範囲。金額が不満なら引き受けなければいいという意見は正論です。でも、そんな驚くほど低いギャラでも生活費としてないよりはマシだし、未来の有望作家の第一発見者になりたいという夢や、大好きな小説の世界の一助になりたいという殊勝な気持ちがあるから、下読みをしているんです。

ツイッター（現X）で、時々「下読みは適当に読んでいるんじゃないか」という疑念が投稿されますけど、そんなことはありません。驚くほど安い選考料にもかかわらず、わたしたちは読解能力をフル稼働して読ませてもらっています。わたしは一次の箱に苦手とするタイプの作品が入ってきた場合、必ず二次に上げています。自分以外の下読み委員の読解に頼るべきだと思っているからです。以上記したことはトヨザキの独断ではありません。書評家が集まって下読みの話題が出ると、みんな同じような意見になります。つまり、我々は驚くほど安いギャランティにもかかわらず、真摯に職務をまっとうしているんです。

純文学の文芸誌に予算がないことは重々理解しています。ですから、提案があるんです（これに関しても意見を同じくする書評家がほとんどです）。すでに採用している社もありますが、新人賞の応募に際して参加料を取ってはいかがでしょう。それによって応募者の本気度が試されますし、バカにならない選考料の足しにもなります。参加料を取る代わりに、落選した作品に関しては講評を返す。そのほうが、わけもわからずただ落とされている現状より、小説家志望者の役にも立てるのではないでしょうか。でもって、下読みのギャラを今の二倍にしてください。以上、毎年ゴールデンウィークを下読み仕事に費やしている者からの提言です。というか、お願いです。

「新文化」２０２２年５月12日号

忘却が悪い歴史を反復させる

安倍元総理が凶弾に斃《たお》れた。その後の調査で、容疑者は政治的信条からではなく統一教会への深い恨みから、かの教団と因縁浅からぬ安倍氏への凶行に及んだことを知り、思い浮かべたのが古川日出男の『曼陀羅華X』。これは、オウム真理教による無差別テロという忌むべき〝物語〟に真っ直ぐ立ち向かう小説なのだ。

最初に登場する語り手は初老の小説家〈私〉。彼には聾者である幼い息子の啓がいる。息子との手話を通した愛情深い生活が描かれていく中、〈遅かれ早かれ彼らは現われる〉という不吉なフレーズをきっかけに、記憶は一九九五年三月三十日へとさかのぼっていく。その日〈私〉は地下鉄サリン事件を起こした教団内の武闘派メンバーに拉致され、彼らにとって都合の良い未来を描く予言書を書くことを強要されたのだ。

二〇〇四年のアテネオリンピックの後、東京を制圧するまでを記したこの予言書を教団はなぞっていくことになる。その中の重要なミッションのひとつが二代めの誕生。重責を担ったのは十九歳の信者〈わたし〉で、以降、物語は小説家〈私〉を語り手にした「大文字のX」と、二代めを産んだがゆえに教団内で大きな権力を有することになる〈わたし〉を語り手にした「大文字のY」、二つのチャプターから、〇四年に起こる国家vs.宗教団体vs.作家というクライマックスまでが描かれていくことになるのだ。

一九九六年に、産まれたばかりの二代めを拉《らっ》して教団を脱出し、啓と名づけて護《まも》り続けてきた〈私〉。我が子を連れ去った者の正体も行方もわからないまま、しかし、二代めの奪還を諦めない〈わたし〉。この二人の視点を通した、教祖の麻原が死刑に処され教団も弱体化したオウム真理教にまつわる現実の〝物語〟の語り直しのすべてが、スリリングで不謹慎で危険きわまりない。

　この作品で古川が伝えようとしているのは「オウム真理教にまつわる〝物語〟はまだ終わっていない」ということではないでしょうか。作中〈私〉は〈素人《アマチュア》のテロリストが増えた。／結局、何かが時代の鬱屈と嚙みあった。わけても二〇〇〇年代に入ってからの閉塞感と。／暴力は渇望されていた。／私はこうした東京を予想していた〉と憂えます。過去と向き合えなければ、同じことが起きるだけではないのか。何かに自分を預け、狂った所業に及ぶ輩がまた出現するのではないか。臭い物には蓋をする系の忘却こそが、悪い歴史を反復させる。わたしはこの小説からそんなことを学んだつもりです。

「新文化」２０２２年７月14日号

可愛い可愛い子パンダ和花ちゃんに癒やされる夏

熱波とコロナの第七波に、ぐったり。外出する気力が湧きません。冷房の効いた部屋で、手ぬぐいを首に巻き、ガリガリ君とビールの助けを借りて生き延びている今日この頃、心の支えともいうべき存在が成都大熊猫繁育研究基地にいる和花《ホーファ》ちゃんなんであります。

まだ子供のパンダなんですが、双子の弟・和叶《ホーイエー》くんと比べると頭ひとつ分小さい。同世代の子パンダ全頭と比べても、断トツで小さい。手足が短く、そのせいか運動能力も低い。弟がいる木の上に行きたくて必死で頑張るんだけど、登れない。他の子が簡単に上がれる場所も、ずるずる滑ったり落ちたりして上手にたどり着けない。やっと上がれても、艾玖《アイジウ》ちゃんみたいな横綱級に大きな女の子に場所を横取りされてしまう。

食べるのも遅い。飼育員のおじさんから毎日リンゴの欠片をもらうんですけど、上手につかんでいられなくてすぐ落とす。落とすと見失って、そのすきに他の子に取られてしまう。たとえ食べられたとしても、ボロボロこぼす。こぼした破片目当ての子にお腹をなめまくられても、ボーッとしている。

何もかもがスローモー。この施設で生育してもらえなかったら、大自然の中、生き延びられたとは思えない子なんですけど、一挙手一投足が愛おしくてならんのですっ。そんな和花ちゃんの可愛い可愛い、可愛い上にも可愛い姿はpandapiaのライブ配信で見られます。ツイッター（現X）をやっている方でしたら「やまざき2」さんをフォローしてみてください。毎日配信を拾ってアップしてくれていますから。

が、しかし、こんなにも世界中で愛されているのに、パンダが出てくる小説は少ないのです。わたしがすぐに思い出せるのは、恩田陸の『ドミノin上海』。二〇〇一年に発表された『ドミノ』の五年後の物語になっており、登場人物も重なっていますが、単独で読んでも十分楽しめます。

上海を舞台に、大勢の登場人物が〝誘拐〟された至宝「玉」の行方をめぐってのスラップスティックな騒動に巻き込まれ、それがドミノ倒しのような連鎖を引き起こす。大団円を迎えるまで本を閉じられない、圧倒的なリーダビリティに支えられた絶品エンタメ小説なのですが、ここに上海動物公園から脱走し、故郷の山に帰ろうと試みるパンダ厳厳《ガンガン》が登場するんです。和花ちゃんとはちがって、とてつもなく頭がよくて動きがきびきびしていて目つきが悪い厳厳の脱出行が、本編にどう関わっていくのか、楽しみに読み進めていってください。

「新文化」2022年8月11日号

※後日談　その後なんと和叶くんが妹、「和叶ちゃん」であったことが判明。全世界の中国パンダファンが騒然となりました。

詩の言葉が足りてない

道行く人百人に「あなたは詩人に会ったことがありますか」と質問したら、どうだろう。一人くらいからは「はい」という返事を聞きたいものですけど、どうだろう。……いないんじゃないかな。そのくらい、せわしない日常を生きるわたしたちにとって、詩と詩人は遠い。

＊

「死んでいるのか？」
「それ以上よ」

おまえは悪い部分を持っている

宿りきれない抑揚の
苦しみ側の斜面に喉がある
かたちというかたちを
「心が引き起こしていく」

忘れられない方の
断崖の身寄りに
精神の結末がある
「遠のくと近づくから」

私は部分だ

雑木林の肉の切れ目で
昼が夜のように切られている

＊

どうですか。カッコ良くないですか。何が書かれているのか、はっきりとはわからなくても、言葉の連なりがまとう腐臭にも似た甘やかな恐怖の予感みたいなもの、感じられませんか。これは『広瀬大志　詩集』に収められている「肉体の悪魔」という詩です。帯に「詩のモダンホラー」と謳われているとおり、収められている詩の多くは恐怖小説や映画を彷彿させ、ミステリーやＳＦを想起させる作品も混じっています。そんなジャンルミックスのマントをたなびかせているとはいえ、しかし、詩は詩。言葉のひとつひとつが、意味にしばられる散文のルールから解き放たれ、詩人が構築した世界の中で独自の不可思議な耀きを放っています。

現代詩を紹介するのは難しい。粗筋がない上、改行や一行あけが多く引用にスペースを取りすぎることもあって、書評欄ではあまり取り上げられません。でも、詩は必要なんです。今、難解な言葉、不可解な言葉が圧倒的に足りない。自分の中に取りこもうとする気持ちも足りない。単純で一面的な言葉で、手軽な答えを求めすぎてはいないか。現代詩はそんなことを考えさせてくれたりもするんです。

書店や図書館に行けば、そんな素晴らしい詩と出合えるわけですが、じゃあ、詩人とは？ググれば、ポエトリー・リーディングのイベントが各所で開催されていることに気づくはず。「会いに行けるアイドル」もいいですけど、詩人にだって会える機会はあるんです。なんなら握手だって（笑）。

「新文化」２０２２年6月16日号

おまけエッセイ5
溜める人

昔から溜めがちだったのだ。

最初に溜めたのは耳垢だった。が、溜めていた幼稚園児の頃は「耳クソ」と呼んでいた。大人になるまでは、耳垢を掃除することを「耳クソをほじくる」と言っていた。三十歳をとうに過ぎた頃、ふと漏らしたその言葉に、友人が顔をぐにゃっとゆがめたのを見て、「世の中の多くの人は、耳クソをほじくるとは言わないのだ」と学習し、以来、人前では「耳垢を掃除する」と言うように努めているが、今でも気分はだんぜん「耳クソをほじくる」だ。大体、鼻クソは鼻クソなのに、なにゆえ耳クソは耳垢なのか。納得がいかない。

閑話休題。自分で耳を掃除していいという許可を母親から得た幼稚園児のわたしは、当時家にあった5センチくらいの短い銀色の耳かきで、毎日のように耳を掃除し、その成果をコルクで栓ができる小さな瓶に溜めるようになったのである。「毎日とは大袈裟な」と思う方がおられるやもしれないが、わたしの耳は多くの人のように頭蓋骨にそって寝てはおらず、俳優の瑛太のように前に張り出していて、そういう耳はゴミをまともにくらい、ゆえに寝耳型の人よりも耳垢が溜まりやすいのだ。

しかし、毎日のように心ゆくまで耳掃除ができたのは最初のうちだけだった。口を薄く開き、陶然とした表情で血が出るまで耳をほじくるわたしを見た母に耳かきを隠され、掃除は土曜日だけと約束させられてしまったのだ。だが、それは逆に幸いというべきだった。いくら垢が溜まりやすい形状の耳とはいえ、毎日掃除していたらその都度出てくるのは微量であり、皆さんも経験がございましょうが、耳の奥のほうでガサガサッという音を立てる大物を探り当てた時の喜びは得られない。一週間に一度の耳かきを許されたわたしは、この大物をいかに崩さず大きなまま耳の外に搬出するか、その作業によって集中力と手先の器用さを培ったといってても過言ではないのである。三ミリにもなろうかという大きな大きな耳垢が取れた時の喜びたるや……。最初のうちはいちいち「ねえ、見てっ」と母に報告していたのだが、一度、鼻息で飛ばされてしまって以来、ためつすがめつ、じっくり観察した後、瓶の中に大事に収めるようにしたものである。

話はそれるのだが、日本人は縄文型と弥生型に分けられるという説は本当だろうか。その説によれば、耳垢がねっとり湿っているのが縄文型で、乾いているのが弥生型だというのだが、わたしは自分が弥生型で本当に良かったと思っている。もし、縄文型だったら、耳垢を溜めようとは思わなかったにちがいない。乾いた耳垢だからこそ、幼稚園児のわたしは溜めたのだ。耳の奥でガサゴソと音を立てる乾いた耳垢。小さな瓶の中に少しずつ溜まっていく耳垢。瓶をそっと振って、カサカサと鳴る幽《かそ》けき音に耳を澄ませる至福。その幸福を知ることのない、耳垢がねちょねちょしている縄文型の者どもを、わたしは憐れむ。

ところで、幼稚園児のわたしが耳垢を溜めていたのは、もともとは星の砂が入っていた小さな瓶だった。星の砂とは有孔虫《うこうちゅう》の殻が堆積したものであり、当時沖縄に住んでいたトヨザキ家が西表島《いりおもて》に遊びに行った際、父にねだって買ってもらったのだが、耳垢を集めると心に決めた時、中身を捨てるのを躊躇《ちゅうちょ》しなかったのはいうまでもない。しかし、もともと二センチくらいしかないこの小さな瓶がいっぱいになるのは時間の問題。というわけで、わたしは、星の砂の小瓶いっぱいになった耳垢を、元は佃煮かなんかが入っていた少し大きめの瓶に移すことにして問題を解決したのだった。星の砂の小瓶がいっぱいになり、佃煮の瓶に移し、という作業をしている最中、わたしはいつか一升瓶に溜まった耳垢を振っている自分の姿を想像して恍惚となったものだが、その幸せは続かなかった。佃煮の瓶がほとんど耳垢で埋まった頃に母に発見され、「汚い」と全部捨てられてしまったのである。

わたしは泣いた。泣いたけれど、大好きな人だったから母を許した。そして、耳垢を集めるのをやめた。集めたあの耳垢たちがいないのなら、ここからまたやり直しても意味がないと思ったのである。

その後もさまざまなものを溜めた。スーパーボールは直径一センチのちっちゃなものから、中に黄金バットのフィギュアが仕込まれた五センチのでかいものまで、四十五リットルのゴミ袋がいっぱいになるまで溜めた。ミニカーも大小さまざま二百台以上溜めた。それを全部家の廊下に並べる「大渋滞」という遊びに夢中になった。しかし、それらは小学六年生になった時、きっと邪魔だったのだろう、「もうこんなもので遊ぶ年じゃない」という理由で、母によって知り合いの家の小さな男の子に全部譲り渡されてしまった。

石を溜めたのも覚えている。小学二年生から六年生まで住んでいた愛知県江南市には木曽川が流れていて、わたしは自転車で河原に行っては、好きな石を拾ってきたのである。お菓子や石けんが入っていた化粧箱に仕切りを作って、底に真綿を敷く。拾ってきた石はきれいに洗って、その中に大事にしまっておいた。それが十箱分溜まった頃、やはり、捨てられてしまったのである。学校から帰って、勉強机の横に積んであった石の箱がすっかりなくなっているのを知った時の無力感は今もはっきり思い出すことができる。それでも、わたしは母を恨まなかった。そのくらい好きな人だったのだ。

でも、以来、溜めるのはやめてしまった。そして、その一年後、わたしが溜めたものを捨てる人だった母が病気で死んだ。

それから幾星霜がたった。現在のわたしの家が本で大変なことになっているのは、これまでに本誌に寄せたエッセイ（本書92ページ「おまけエッセイ3」）で報告済みだけれど、わたしには本を〝溜めて〟いる意識はない。わたしは本を溜めているわけでも、集めているわけでもない。本はわたしのところにやってきて、ただ、ここにいるだけなのだ。本は、かつての耳垢やスーパーボールやミニカーや石たちのようには、わたしに近しくない。わたしは本に自分を見たりはしない。わたしは本に他者を探している。

そんなわけで、小学六年生で頓挫していたはずの溜める癖だったのだが、実は三年前から復活してしまっているのである。きっかけは、かかとの角質を除去する「ベビーフット」との出合い。いわゆる女子力皆無、というか、これまでの五十一年間の人生において一度も女子としての自分を磨いたことのないわたしが、なにゆえにかかとの角質を除去したいと思ったのか。それは「すごいんだよ。めりめりめりめりって、足の裏の皮が気持ちいいくらいめりめりめりって、きれいに取れちゃうんだよ」という友人のひと言に魅了されたからなんである。

で、やってみた。靴下みたいなものをはいた上で専用の液に足をつけて数十分。その後洗い流して、約一週間後、友人の言ったとおり、すがすがしいくらいの勢いでかかかとをはじめ、足の裏の皮がパリパリパリパリとはがれていったのだ。その時、わたしの心の奥底から太くて力強い声がわき上がった。

「溜めよう!」

お土産でもらったまま冷蔵庫に入っていた高さ四センチほどの瓶のプリンを食べて空にすると、わたしはかかとの皮を溜めはじめた。耳垢とちがって、一回の量が多い。充実感でいっぱいだ。わたしの中の、長年ぽっかりあいていた昏《くら》い穴がかかとの皮で少し埋まったような気がした。その後、時間をおいて二度ベビーフットを試した。さらに穴が埋まっていくのを実感した。とはいえ、ベビーフットは皮をむくまでに時間がかかりすぎる。やがて、わたしは自分でむくことにした。かかとの皮は厚いからちっとも痛くない。しかも、やってみて驚いたのだが、再生力が半端ないのである。一度むいても、ほんの一週間ほどで元に戻ってしまうのだ。なんとむき甲斐のある、溜め甲斐のある皮なのだろう。わたしは、かかとの皮をリスペクトしてやまない。自分の身体の中で、かかとの皮が一番好きです。世界の中心でかかとの皮愛を叫びたいくらいなんである。

テレビを見ながら、考えごとをしながら、むいたかかとの皮を入れてきたヨーグルトの瓶は約一年半でいっぱいになった。今は二本目のクールに入っている。途中、本誌Vol.02のエッセイ(同前)で紹介した、わたしの生活の一切合切の面倒を見てくれている町田妻が掃除の途中、リビングのテーブルにあった瓶を手に取り、「なに、これ。乾き物？　食べていい」と蓋を開けた時はあせったが、母がいない今、捨てられる恐れなく、思う存分かかとの皮を溜めつづけている。

なぜ、もっと早くから溜めなかったのか。わたしはほぞを噛んでいる。しかし、そんな詮なきことを言ってもしかたがない。明るい未来に目を向けていこう。そうだ、これから死ぬまで溜めていったら、かかとの皮はどのくらい溜まるだろう。想像するだに気持ちが弾む。寿命にもよるだろうが、もしも、一升瓶がいっぱいになるまで溜まったら、ささやかな祝宴をはる所存だ。

「かかとの皮一升瓶記念パーティ」

そんな宴にいったい誰が来てくれるものだろうか。

【追記】たとえわたしの死後、クローン人間が実現化しても、この瓶の中に入ったかかとの皮からわたしを再生しようとしないでください。猫の毛やゴミがいくぶん混じってしまっているので、映画『蠅男の恐怖』（一九五八年）みたいに、猫やゴミと合体したわたしとして生まれ変わります。怖いです。念のため。

「生活考察」Vol.04　２０１３年４月

第六章
本を手放し、
みしみし痛む胸

エリザベス女王が登場する小説があるんです

九月八日にイギリス連邦王国のエリザベス二世が崩御して以降、日本でも連日のように女王の生前の功績、人柄、心温まるエピソードの数々がワイドショーなどで紹介されていた。亡くなったスコットランドのバルモラル城から国葬が行われるウェストミンスター寺院へと至る棺の移動に際して沿道で別れを惜しむ人たちや、弔問に訪れる人たち。イギリス国民のみならず、世界中の人たちから寄せられる弔意の数々。

こんなに愛された王家の人間は、戦後唯一といって過言ではない。ダイアナ元皇太子妃の死に際しての対応によって吹き荒れたバッシングから二十五年間、国民の信頼を取り戻すために女王が行った数々の「開かれた王室」作りのたまものでありましょう。その代表的なひとつが二〇一二年ロンドンオリンピックにおける開会式でのパフォーマンスだけれど、小説にもあるのだ、女王本人が登場する作品が。それはアラン・ベネットの『やんごとなき読者』。

主人公は、移動図書館に出くわしたのをきっかけに読書にハマってしまった英国女王。ウィンザー城での公式晩餐会で、フランス大統領にジャン・ジュネについて質問するプロローグからつかみはオッケー。読書に夢中になるあまり公務がおろそかになっていき、謁見に訪れる誰彼かまわず、最近どんな本を読んでいるか訊ね、おすすめの本を押しつけるようになる〝やんごとなき〟方の虜になること請け合いだ。女王の変化にあたふたする側近や閣僚のドタバタを笑い、読書によって想像力が豊かになったことで、以前より周囲の人間を思いやるようになる女王の成長に感心しと、読んでいて清々《すがすが》しい歓びが得られる物語になっているのだ。

慧眼《けいがん》の読書論が読んで面白いストーリーの中に無理なく織り込まれているのも美点のひとつ。〈本は暇つぶしなんかじゃないわ。別の人生、別の世界を知るためのものよ〉〈読書の魅力とは、分け隔てをしない点にあるのではないか（略）。本は読者がだれであるかも、人がそれを読むかどうかも気にしない。すべての読書は、彼女（女王←筆者註）も含めて平等である。文学とはひとつの共和国なのだ〉

また、女王が〈一冊の本は別の本へとつながり、次々に扉が開かれてゆく〉ことを学んだように、この小説を読んだわたしたちもまた、作中に出てくる多くの作品を読みたくなるという意味では、ブックガイドとしても秀逸。エリザベス二世の死を悼んでいるすべての人に熱烈推薦いたします。

「新文化」２０２２年9月22日号

津原泰水が逝ってしまった

十月二日、津原泰水さんが亡くなられました。享年五十八。その早すぎる死を、わたしは深く、深く深く悼む者です。

狂ったウサギのように跳びはねる時制の中、饒舌な文体によって語り手の妄想と現実の世界が溶解していく長篇『ペニス』。夜の静寂からすくいとってきた十五の綺想が美しい短篇集『綺譚集』。九年間病室で眠り続ける少女の無意識／夢想が東京をパニックに陥れる、シュールなシーンの連続で幕をあける幻想SF『バレエ・メカニック』。フリークス疑似家族にまつわる美しい掌篇「五色の舟」が収められた『11 eleven』。文体に対する高い美意識と格調、幻視家と呼んで差し支えがないほど旺盛な、しかし薄暮のはかなさを備えた想像力によって、ディープなファンの心をつかむ「マイナーポエティック」という称号が似合う小説家が津原泰水でした。

でも、吹奏楽部でコントラバスを与えられた高校生男子を語り手にしている自伝的小説『ブラバン』のように、「マイナー」とは言いがたい「メジャー」ポエティックな作品も、津原さんはものしています。ヒキコモリ支援センター代表のカウンセラー竺原《じくはら》が、自らのクライアント三人と伝説的ハッカーをネットでつなげ、大きなプロジェクトを立ち上げるという痛快な物語になっている『ヒッキーヒッキーシェイク』。料理上手な編集者・柳楽尚登《やぎらなおと》という心優しい二十七歳の青年の成長を描くなか、食にまつわるさまざまなエピソードが笑いと涙のうちに展開していく極上エンターテインメント『エスカルゴ兄弟』。

『ペニス』で津原作品を好きになった人は『ブラバン』の軽快な語り口に驚き、『ブラバン』から読みはじめた人は『ペニス』の難解さに目を白黒させる。自身ミュージシャンとしても活動していた故人が愛したギターのチューニングでたとえるなら、オープンDmとレギュラー。両者はそのくらい音色が異なります。かつての津原さんは、作品が求める音にこそ耳を澄ませていましたが、読者に対しては「これはブルースなんだから、そう聴いてほしい」の一点張りだった。でも、近年は違いました。

多くの読者の気持ちをしっかりつかむメジャーコード仕様の物語の奥で、オープンDmの音色をかすかに、でもしっかりと響かせる。マイナーとメジャー双方のポエトリーを自在に操れる小説家になったのではないか。そう思っていた矢先、『エスカルゴ兄弟』のスピンオフ作品のように未完に終わった小説を多々遺したまま、津原さんは逝ってしまった。無念で、無念で無念でなりません。

「新文化」２０２２年10月13日号

菅田将暉版義経が好きだった方に『ギケイキ』を

ＮＨＫの大河ドラマ『鎌倉殿の13人』がいよいよ最終章に差しかかってまいりました。このところ毎週のように、三谷幸喜の絶妙な筆さばきによって視聴者の愛着を獲得してきた御家人の皆さんが、一人また一人と北条義時によって粛正されており、見る者の涙を誘っておりますが、わたしがいまだに恋しく思うのは菅田将暉《すだまさき》が演じた九郎義経なのであります。

挙兵した兄のもとに馳せ参じるため奥州から伊豆を目指す急ぎ旅にもかかわらず、富士山を見れば「登るぞ！」と寄り道をしてしまうヤンチャな愛らしさや戦における天才ぶりとともに、奸計《かんけい》を巡らせるずる賢さや自己顕示欲の強さを併せ持つ、癖が強い三谷版義経に菅田将暉がドンピシャリとハマって、わたし史上断トツナンバーワンの源義経だったんです。そこで、義経（菅田）ロスをいまだ引きずっているお仲間の皆さんに熱烈推薦したいのが、町田康の『ギケイキ』。この小説における義経像に菅田版のイメージが非常に近しいんです。

町田康といえば、時代小説のお約束をことごとく無視する融通無碍《ゆうずうむげ》な語り口を採用した『パンク侍、斬られて候』のデストロイヤーぶりも凄まじかったのですが、河出書房新社から刊行されている日本文学全集に収められた『宇治拾遺物語』における現代語訳の抱腹絶倒ぶりもまた出色の出来映え。この仕事がきっかけで中世日本の混沌と自分の思考の波長が合うことを発見したのか、史伝物語『義経記《ぎけいき》』の語り直しに着手した本作における奔放な語り口からは、『鎌倉殿の13人』を見た方ならきっと菅田将暉の姿を思い浮かべてしまうはずです。

源義経の生まれと育ち、思考と嗜好、性格と容貌、平家討伐に向けての無謀だったり無邪気だったりしすぎる行動の数々、忠実な家臣となる武蔵坊弁慶の生い立ちと出会いが、大笑い必至の饒舌かつスピーディな文体で語られまくられます。

〈もう少し遅ければ長生きができただろうか。速いということは、普通の速度に生きる者にとってはそれだけで脅威。それだけで罪。けれども私にとってはおまえらのその遅さこそがスローモーションの劫罰《ごうばつ》、業苦《ごうく》〉と語る速力命の人。最先端のファッションに身を包んだおしゃれ上等の人。邪魔者の首はねまくる非情の人。日本史上指折りのアイドルの速くて濃いぃ人生を、その魂を内に宿した町田康が一人称スタイルで駆け抜ける痛快至極の傑作。全四巻予定のこのシリーズが完結したら、菅田将暉主演でドラマ化してくれないかなあ。

「新文化」２０２２年11月10日号

W杯の騒ぎを苦々しく思っている皆さんへ

ＦＩＦＡワールドカップにおける日本代表チームがドイツとスペインを下して、死のE組を一位通過してみせた（十二月四日現在）。代表戦くらいしか見ない「にわか」のわたしでさえ寝不足の日々を送っているほど、日本列島は連日興奮に包まれているわけですが、開催地カタールが抱える現地における外国人労働者や性的少数者、女性に対する人権侵害の問題によって、サッカーファンとスポーツには興味がない意識高い系の間に断絶が生じてしまったのが残念だ。日本代表の勝利に沸き、四年に一度のお祭りを思いきり楽しもうとしている人たちvs.その騒ぎを苦々しく眺め、「カタールみたいな国で開催されるイベントを支持するな」と怒っている人々。「絶対に負けられない戦いがここにある」とばかりに、ツイッター（現X）でやり合う両者。

たしかに、政治や人権問題に目を向けるのは大事。わたしたちには考えなければならない課題が多々ある。でも、日本代表を応援する人を国粋主義者扱いしたり、スポーツに夢中になる人を意識が低いとバカにする「上から仕草」をしてみせる人たちが、わたしの目には単細胞としか映らない。人間は多面的なんだから。

日本代表を全力で応援し、一喜一憂するツイートを多投する人の中には、と同時に、報道番組にはW杯の裏で起きているさまざまな事件や問題をきちんと伝え、ジャーナリズムとしての機能を全うしてほしいと思っている人だっている。それをダブルスタンダードと批判しちゃいけない。人間の中にはいくつもの気持ちや考えが存在する。端から見れば相反する思いを、矛盾することなくひとつの心に共存させてしまうのが人間という生きものなんじゃないでしょうか。

というわけで今月お薦めしたいのは、平野啓一郎の『空白を満たしなさい』なのだ。死者が生き返るという現象が起こり、土屋徹生《てつお》もまたある日会社の会議室で目を覚まし、〈復生者〉として生き直すことになる。自殺だったことがどうしても信じられない徹生の、自身の死因を探る日々を描くなか、作者は〈人間は、誰かとの関係の中で、その人のための分人を常に生み出している〉〈個性というのは、だから、唯一不変の核のようなものじゃないんです。どういう比率で、どんな分人を抱えているかという、その全体のバランスです〉という分人主義を説いていく。ミステリータッチの物語が読みやすいので、この小説で人間の多面性に対する理解を深めてください。

「新文化」2022年12月8日号

佐藤亜紀がついに！

もし、イギリスに生まれていたならブッカー賞を、フランスに生まれていたならゴンクール賞を、アメリカに生まれていたなら全米図書賞とピューリッツァー賞を、つまり名だたる文学賞を受賞したにちがいない、それほどの器が佐藤亜紀なんであります。にもかかわらず、日本の文学界は黙殺。理由はいろいろ考えられるのですが、結論から言えば、わが国において小説家は必ずしも作品の良し悪しだけで評価されないからです。出版社や業界における偉い人との関係、作者の人間性に対する評価。そういう作品の可否とは関係のないあれやこれやの要素が絡み合って、文学賞の候補作は選定されているわけです。ケッ。

〈バルタザールはまた酒に専念し始めた。私の筆跡にやや乱れが見えるとしたら、それはバルタザールが左手で酒を飲み、私が右手で書いているからだ〉

20世紀初頭、ハプスブルク家に連なるウィーンの名家に生まれた、ひとつの肉体にふたつの精神を宿す双子の兄弟、バルタザールとメルヒオール。貴族階級の落日を告げるヨーロッパ情勢を背景に、この異色の双子が波瀾万丈の半生を回想した手記というスタイルをとった『バルタザールの遍歴』で、佐藤亜紀が登場した一九九一年の衝撃は今も忘れられません。深い教養と知識に裏打ちされた物語構築力の強靭さとしなやかさ、硬質でありながら同時に甘やかでもある端正な文体、美貌の麗人から小悪党まで見事に作品世界の中で活かす人物造形の妙。世界文学クラスの新人作家の出現に、度肝を抜かれ、欣喜雀躍《きんきじやくやく》したものです。

でも、版元や偉い人にも臆することなく自作を守るために闘うことしばしばだったゆえに、あからさまなまでに直木賞のような大きな文学賞から排除されてきた佐藤さん。才能の遇し方を知らない失礼な業界人に、どれほどガッカリさせられ続けてきたことか……。

が、しかし！　ついについについにっ、『喜べ、幸いなる魂よ』で第七十四回読売文学賞の小説賞を受賞したんです。仄聞《そくぶん》したところ、選考委員の一人、英文学者にして翻訳家の若島正さんが候補作に推薦し、選考会では満場一致で授賞が決まったとか。そうなんですよ、候補にさえ挙がれば、佐藤作品は正当な評価が受けられるはずなんです。

受賞作を未読の皆さん、是非ご一読ください。一八世紀のベルギーに生きたヤネケというあっぱれな女性に出会って笑ったり感心したりしてください。読めば、佐藤亜紀という小説家がいかに稀有な才能の持ち主かわかるはずですから。

「新文化」２０２３年２月23日号

チェコに声援を送ったWBC

盛り上がってますね、ワールド・ベースボール・クラシック（WBC）。とりわけチェコ戦には興奮しました。かの国には二回訪れたことがあり、クトナ・ホラの美しい骸骨堂をはじめ魅了されっぱなし。二度目の来訪時では、ちょうどサバティカル（特別研究休暇）で滞在していたチェコ文学者・阿部賢一さんにアテンドしていただいたこともあって、チェコのことがますます好きになったからです。

しかも、チェコの選手はほとんどがアマチュアで他に正業を持っており、主力級のうち二名が有給休暇をもらえなかったせいで参加できなかったなんて事情を知ったら、応援せずにはいられません。「コールドゲームになりませんように」と念じながら観戦していたのですが……杞憂でした。大谷翔平選手から三振を奪うわ、エラー絡みとはいえ佐々木朗希投手から一点先取するわ、想像以上の善戦に感激。というわけで今回は、阿部さんが訳した小説を紹介します。イジー・クラトフヴィルの『約束』です。

主な舞台は一九五〇年代、共産党政権による独裁体制が強化されつつあった、チェコではプラハに次ぐ都市ブルノ。ドイツの保護領だった時代に、反ナチス運動をしていたためゲシュタポに捕らえられた妹エリシュカを救うべく、親衛隊中将の命令で巨大な鉤十字型の邸宅を設計したカミルが主人公です。

戦後はナチスに協力したという理由で不遇をかこっているカミルは、秘密警察のラースカ警部補にしつこくつきまとわれています。でも、ラースカの本当のターゲットは、反体制活動に関わるようになった妹のほう。エリシュカはついに捕まって命を落とします。カミルが彼女のために建てた家は接収され、それを自分のものにしてしまうラースカ。怒りに昏く沈むカミルは復讐を決意し――。

こんな風に紹介すると、チェコの暗黒時代を背景にしたノワール小説かと思うかもしれませんが、一見脇道に思えて実は重要な伏線だったりするエピソードの数々が、この作品に異形と言っていい別の貌を与えています。ヨガのポーズで現場を透視する探偵をはじめ、大勢のキャラクターが脇道のナビゲーター役を担っており、なかでも重要なのが作家のナボコフ。彼の短篇小説とブルノに実在する地下空間こそが、この物語の創造の源泉になっているんです。

ブルノは美しい学園都市で、マレク・クレイチジーク選手は普段はここでキャンパスライフを送っているそうな。小説も野球も、わたしはチェコの応援団。次のＷＢＣで再会するのが楽しみでなりません。

「新文化」２０２３年３月16日号

本を手放し、みしみし痛む胸

先日、蔵書の約四分の一にあたる五千冊の本を、東京都吉祥寺の古本屋「百年」さんに引き取ってもらいました。同じマンションに仕事場としての2LDKと住居としての3LDKを借りているんですが、どちらも飽和状態になってしまったので、やむなく手放すことに。

空っぽになった仕事部屋の書棚を眺めて思い出したのは、二十五年前にここに越してきたばかりの時の光景です。当時はまだ現在の五分の一も本を所有していなくて、新築のマンションの壁という壁に設置した書棚全部を本でいっぱいにするんだという夢と希望に満ちあふれており、本を手放す日が来るなんて思っていませんでした。やがて書棚どころか床面にまで積み上がっていった本に、追い出されるような格好で3LDKの家を借りることになるのですが……。

その二十五年前のこと、引っ越し時に本を詰めた段ボールをなかなか開けられなくて、しばらくの間、段ボールの中で暮らし、段ボールを机に食事をしたり原稿を書いたりしていたんです。まるで、ポール・オースターの小説『ムーン・パレス』の主人公マーコのように。大学進学の際に、育ての親の伯父さんから蔵書を贈られたマーコは、それらが入った箱で家具を作り上げるんです。〈十六箱のセットがマットレスの台になり、十二箱のセットはテーブルに、七箱の数組がそれぞれ椅子に〉。マーコは友人に自慢します。〈ベッドにもぐり込めば、君の夢は十九世紀アメリカ文学の上で生まれるんだぜ。食卓につけば、食べ物の下にはルネッサンスがまるごと隠れてる〉と。

　ところが、本の箱で作った家具は一年後に崩されることになります。最愛の伯父さんが急死してしまったんです。家の中に引きこもって、段ボールの箱を開け、伯父さんの愛した本を読み、読み終えると古本屋に売るマーコ。やがて家賃を払うにも事欠くようになり、餓死寸前になったところで、彼は美しく聡明な中国人女性キティと出会います。そして、偏屈な盲目の老人の家に住み込みで働くようになり、さらには凄まじく肥満した歴史学者と知り合いになるんです。マーコを聞き手に、自分の半生を物語る老人と歴史学者。一見関係なさそうな二つの物語が少しずつつながっていくにつれ、マーコの出生の謎も明らかになっていき――。

　懐かしくなって『ムーン・パレス』を読み返そうと思ったのですが、すでに手元にないことに気づいてみしみしと痛む胸。これからしばらくは、そんな幻肢痛ならぬ幻本痛に悩むことになりそうです。

「新文化」２０２３年４月20日号

みんなで「やさしい猫」になろう

わたしたち日本人が決して忘れてはならない人災というべき悲劇が、スリランカ人女性のウィシュマ・サンダマリさんが収容されていた名古屋入管（出入国在留管理局）で適切な治療を受けることなく亡くなった事件だ。裁判のため日本に滞在し続けているウィシュマさんのご遺族が趨勢を見守るなか、連日の反対デモにもかかわらず入管法が改悪されようとしている今、熱烈推薦したい小説がある。中島京子の『やさしい猫』。これは、外国人労働者が置かれている状況や入管行政の酷い実態を、愛情豊かな物語の中に描いた、日本人全員が読まなければならない問題提起作なのである。

〈きみに、話してあげたいことがある〉という一文で始まる物語の語り手はハイティーンの〈わたし〉。父親を亡くして以来、母親のミユキさんと暮らしていた彼女の前に、クマさんことクマラさんというスリランカ人男性が現れたのが小学四年生の時。東日本大震災の際、保育士としてボランティアに赴いた先でクマさんと出会ったミユキさんが、その一年後に偶然再会したことから三人は親しくなっていくのだ。クマさんのプロポーズ。娘のために断るミユキさん。諦めないクマさん。ついに成功する三回目のプロポーズ。

物語の前半は、そんな三人の心温まる交流が〈わたし〉による若々しい筆致で回想されていく。ところが――。勤め先を倒産によって解雇されてしまったクマさんが、ミユキさんに内緒で再就職先を探すことになって以降、彼らの明朗な生活に影が射すことになる。クマさんの在留カードの期限が切れていたのだ。

後半は入管施設に収容されたクマさんと、彼を救うために人権派の弁護士と奔走するミユキさん親子の姿が描かれていくのだけれど、これが非常につらい。入管行政の人権的に問題がある在りようがリアルに描かれていて、読んでいて胸が苦しくなってくるのだ。

幼い〈わたし〉にクマさんが教えてくれたスリランカ民話。両親ねずみを食べてしまった猫が、泣いている三匹の子ねずみを前にして改心し、彼らを自分の子と一緒に育てることにする。この寓話が伝えるのはどういうことか。日本は、わたしたち日本人は〈やさしい猫〉になれるのか。主人公が語りかけている〈きみ〉が何者かがわかるラストまで一気読み必至。六月二十四日からは、ＮＨＫでドラマも放映予定。入管法改悪を推し進めようとしている議員に、この小説を読ませたい。ドラマを見せたい。一緒に〈やさしい猫〉になろうよって言いたい。

「新文化」２０２３年６月15日号

書評における「点と線」

八月五日、暑気払いと称して「ツイッター飲み会真夏の陣」という宴会を開催しました。わたしの友人知人＋ツイッター（今は「X」ですけども）で募った方々からなる二十名の飲み会で、最後に六名で流れついたのがいつもながらの文壇バー「風花《かざはな》」。そこで、コラムニストにして小説家の中森明夫さんから「ネット記事で太田光の新作を薦めてたけど、本当にいいと思ってるの？」と訊かれて、酔っ払い同士の不毛な（笑）論争が展開されたのでした。

書評には「点」でなされるものと「線」でなされるものがあるとわたしは思っています。つまり、作品単体として紹介できる場合と、過去に発表された作品の流れの中で紹介しなきゃならない場合があるということ。で、太田光の『笑って人類！』は後者に相当するんですね。というのも、太田氏とわたしの間には氏の初めての小説集『マボロシの鳥』に端を発する小さな因縁があるからです。トヨザキ、ラジオで『マボロシの鳥』を酷評→太田光、自分のラジオ番組でその評に猛反発→酷評の責任を感じたトヨザキ、二作目の『文明の子』を書評→太田、満足。簡単に説明すればこういうことになりましょうか。

時々ですが、わたしはすでに売れている作家や有名人の作品に対して批判的な書評を書くことがあります。でも、その場合はなるべく次に出る作品も読んで、それが前作を凌駕《りようが》していた場合、薦める書評を書くようにしているのですが、皆さんご承知のとおり、日本における紙媒体の書評欄に与えられる文字数は多くはありません。なので、「線」のパターンを必要とする太田作品評のようなケースは、ネットか文芸誌で発表するしかない。ネットにおいては小説や書評に関心を持ってくれる人は少ないので、本当は紙媒体に書きたいのですが……。

で、中森さんに説明したのは、太田光はだんだん良くなっているということなのでした。たしかに文章表現力はまだまだだと思います。でも、超多忙な日々にあって、よくぞこれだけスケールの大きな「今ここにある危機」に警鐘を鳴らす小説を書き上げたと、わたしは感銘を受けました。この物語を構築するにあたって、どれだけ多くの専門書に目を通したか。どれほど勉強したか。初小説集からここまで丁寧に読んできたわたしだから成長がわかるし、「線」の書評が書けるんです。が、悲しいかな、泥酔状態で説明できたかどうか。中森さんとはまたちゃんと話がしたいなと二日酔いの頭で思った次第です。

「新文化」２０２３年８月10日号

おまけエッセイ6
だめ、だった

一九八四年、わたしは怖ろしいほど貧乏だった。大学を卒業したはいいけれど、平日はパチンコ屋と飲み屋を行き来して、週末は競馬場や場外馬券売場で時間を潰していただけの四年間だったから成績は劣悪。バブル前夜の就職難とはまったく関係のない次元で、もちろんまともな就職先は見つかるはずもなく、やっとのことでもぐり込んだ編集プロダクションも、わたしについていた貧乏神まで一緒に引き入れてしまったようで、経営状態は悪化の一途。給料だけではとてもやっていけないから、ウソっぱちの体験手記から一人で悩みを考え一人で答える不毛なセックス相談室、艶笑コラムまで、ポルノ雑誌ほぼ半分を鬼のごとき形相で書きまくってはいたものの、原稿料は卒倒するほど安く、それなのに飲み屋通いと競馬だけはどうしてもやめられないから借金はかさみにかさみ、とうとう電話が止められてしまえば、折悪しくも父が倒れ、その知らせを電報で受け取ったという得難い体験までする始末。頭の上に「蒸発?」というフキダシをのっけて歩く、それほど事態は切迫していたのである。

命運旦夕《たんせき》に迫りながらも、しかし、わたしは心のどこかで「ないものは作ればいい」と考えていた節がある。そんなお気楽な発想が生まれるところが、ギャンブル依存症のゆえというべきか。とにかく、以前にも増して必死で馬券検討に励む日々を送っていたのだ。資金不足の折、おのずと狙いは穴馬に集中してしまう。いわゆるローリスク・ハイリターンという虫のいい馬券ばかり買っていたわけだけれど、八四年といえば、そう、あのシンボリルドルフが三冠を獲った年なんである。無論、そんな人気馬は買えない。千円が千二百円にしかならない金持ち馬券を買ってどうする？　どうにもならない。なるはずがない。だから、条件戦でこつこつ増やした資金を、ルドルフ絡みのレースでルドルフをはずした買い目に突っ込み、全部持っていかれるという日本中央競馬界のおいしいお客さんになり果てていたのである。

ローリスクも積もり積もればハイリスクに変わっていくことくらい、どうして当時のわたしにはわからなかったのだろうか。でも、もしもう一度あの悲惨な年に還ることになっても、おそらくまた同じことを繰り返すにちがいない。そのことだけははっきりわかる。精神の内奥にしっかり根を下ろした中途半端な愚かしさ。それだけは、二十三歳が四十三歳になろうとも変わらない。そんなみすぼらしい確信だけが今はある。

その愚かしさは、たとえば「ルドルフの出るレースは買わなきゃいい」というまっとうな忠告に対し、「ルドルフさえ消えれば凄い配当がつく」という屁理屈として立ち現れる。しかも、その年の前年、ミスターシービーがすでに三冠を達成。当時、出目という偶然と必然の交差点探しに躍起になっていたわたしは、二年連続で三冠馬が出る確率は限りなくゼロに近い、そう堅く信じてやまなかったのである。そんなわけだから、ダービーまではまだそれでも暢気《のんき》でいられたのだ。「ルドルフは菊花賞で消えるのだっ。二年連続で三冠馬など出ないのだっっ!」という確信に心支えられて。

が、誰もが承知のとおり出てしまったのである、二年連続三冠馬が。菊花賞で茫然自失した後、国際GIレースのジャパンカップでようやくルドルフは敗れたのだけれど、ノーマークだったカツラギエースが逃げ切り勝ちをおさめて再び茫然自失。有馬記念でルドルフがそのカツラギエースを二馬身引き離してレコード勝ちした時には、ショックのあまり、嘘でも冗談でもなく中山競馬場で鼻血を流してしまったんである。

八四年のわたしの不幸は、しかし、シンボリルドルフという不世出の名馬の出現にとどまらなかった。ビンゴカンタ。赤地に白いバッテンマークのメンコ(覆面)が、とぼけたイメージに拍車をかけていた、あの不世出の連敗馬。よりによって、わたしはこの馬に賭け続けていたのだ。三歳時(八二年)に七戦三勝、四歳時に六戦○勝、五歳時に五戦○勝、六歳時に三戦○勝、七歳時に五戦○勝。通算二六戦三勝、これがビンゴカンタの生涯成績である。しかし、皐月《さつき》賞四着、ダービー三着、菊花賞二着と、十九年ぶりに現れた三冠馬ミスターシービーの同期として、四歳時にはそれなりの好成績をおさめた馬ではあったのだ。

　というわけで、貧に窮していた当時のわたしは、八二年十一月以降一勝も上げていないビンゴカンタを古馬《こば》戦線の穴馬に指名。年明け緒戦のアメリカＪＣＣから十一月のアルゼンチン共和国杯まで、「そろそろ勝つだろう」と思いながら追っかけてしまったんである。ところが、だめ、いっかな、だめ。まるで、だめ。笑っちゃうくらい、だめ。そうなってくると、もう後には引けない。ビンゴカンタに持っていかれた金はビンゴカンタに返してもらう。負けたままで引き下がるわけにはいかないんである。第一、「そろそろ勝つだろう」の「そろそろ」が、わたしが買うのをやめたレースだったりしたら、どうしてくれる。妄執と疑心の塊と化したわたしは、こうして翌八五年もビンゴカンタを追いかけることになってしまったのだ。

　ところが、だめ。やっぱり、だめ。でも、いつしかわたしは負け続けるビンゴカンタを心の中で罵倒しなくなっていたのである。「だって、しようがない」紙屑になってしまったビンゴカンタ絡みの馬券をちぎりながら、そう呟くようになっていた。「負けたくて負けるヤツなんていないんだから」

　それは、編集者としてもライターとしても一向に芽が出る気配がなく、すでに署名記事を書いている同世代の存在がただひたすら胸に痛くて、相変わらず金はなく、そのなけなしの金ですら競馬場で雲散霧消させてしまう自分のだめさ加減に対するいいわけだったのかもしれない。あっぱれなまでに負け続け、走っては負け走っては負けしているビンゴカンタに、わたしはそういう屈折した共感を抱きはじめていたのだ。

明けて八六年、忘れたくても忘れられない八月二十四日。新潟競馬場の芝二千メートルで行われる新潟記念があるその日、わたしは友人三人と新宿の場外馬券売場に来ていた。

「今日も買うの？　ビンゴカンタ」

「新潟の平坦コースでこの距離ならカンタにはベストの条件だから、オレも買うかな」

「重賞にしちゃメンバーも手薄だし、いよいよ四、五カ月ぶりに連敗から脱出してもおかしくない。今日こそが狙いだったりして」

友人たちの無理矢理浮かれた調子の声にいちいちうなずきながら、わたしは、しかし、なんだか妙にシラけた気分を囲っていた。その頃、ある著名な物書きの知己を得て、ライターとして面白い仕事も少しずつだけれど入ってくるようになり、夏競馬の馬券を買うためにこんなところにいるよりは、家で原稿の準備でもしていたい、それがその日の正直な気分だったのだ。それに――。「どうせ、また負けるんだ」。六月からここまで四戦も消化しており、相変わらず連敗街道をひた走り続けていたビンゴカンタに、以前のような親密な感情は抱けず、軽い侮蔑すら覚えはじめていたのである。負け慣れした馬なんか……。場内のモニターをなんの思い入れもないままぼんやりと眺めながら、わたしはただ惰性から発走の時刻を待っていたのである。

やがてゲートは開いた。しかし、四百四十六キロと牡馬にしては小柄なビンゴカンタがゴールに帰ってくることはなかった。三コーナーで骨折による競走中止。何が起こったのか、どうあってもうまく理解できないでいるわたしの手の中にあったのは、五百十二キロの巨漢馬ブラックスキーの単勝馬券とそれ絡みの枠番連勝馬券。どちらも的中しており、払い戻し金は五万円を超えた。

その晩、新宿の飲み屋で友人らに酒をおごりながら、久しぶりの大勝にドンチャン騒ぎしながら、でも、わたしは「どうして最後までビンゴカンタを追いかけられなかったんだろう」と考えていた。こんな程度の執着、こんな程度の信念、こんな程度の共感、こんな程度の愛情、こんな程度の愚かしさしか、これまでも、これからも抱き得ない人間なのかな、自分は。酒で曇った頭で考えていた。

翌日のスポーツ新聞に、ビンゴカンタの予後不良（薬殺処分）を報じる記事を見つけた。

わたしは、決して泣いたりしなかった。


「早稲田文学」Vol.3-3　2005年5月号

おまけエッセイ7
さよなら　オグリキャップ

〈あのとき、ぼくは歓びのあまり、あけた窓から流れこんでくる風の唸りにむかって、さあ、ぼくだ、ぼくはここだ、ぼくは行くぞ、と叫んでいた……それなのに、あの音楽はどこへ行ってしまったのか？　なぜ、あの音楽を捜そうともしないんだ？〉――イアン・マッキューアン「サイコポリス」（『ベッドのなかで』所収）

チャコールグレーの馬体を内ラチ沿いに傾けながら、彼が四コーナーを回ってくるたび、「ぼくはここだ、ぼくは行くぞ」という力強い音楽が聞こえてくるようになったのは、一体いつ頃からだったのか。そうだ、あれは高松宮杯（一九八八年）。彼は前を行く古豪ランドヒリュウを決してとらえられない位置で、最後のコーナーを回ってきたのだった。ニューヒーローの敗北を予感した観衆の吐き出した嘆息の隙間からこそ、その音楽は聞こえてきたのではなかったか？

「ぼくはここだ、ぼくは行くぞ」――、楽しそうな、自信に満ち溢れたビートを刻みながら、彼が謳っている。チャコールグレーの馬体はすでに前のめりだ。一完歩ごとに先行馬の影を確実にとらえていく、肉食獣のように自己主張の激しい走法の殺気に気圧され、悲鳴を上げながら逃げる一途のランドヒリュウ。彼はその逆にますます余裕たっぷりの脚で追いこんでくる。「ぼくはここだ」と謳いながら。

……終わってみれば一馬身少し引き離しての楽勝劇だった。意気揚々とゴール板を駈け抜けていく彼を見ながら、啞然とすると同時に臍《ほぞ》を噛んだのだ。「なぜ、わたしは自分の音楽を見失ったまま、捜そうともしなかったのだろう」と。そう、夢を諦めない勇気を示してくれたのが、彼だった。

〈……クリフォードの音楽は、ジャズばかりでなくぼくたちがものを書いたり、絵を描いたり、愛したりする時もたいていは失われるあるものをみごとにからめとってゆく。（中略）天と地をつなぐ世界の樹のてっぺんによじのぼり、時間の外にある夜とむかい合ったシャーマンはいったいなにを生きているのだろう、それが知りたくなると、ぼくはもう一度クリフォードの遺言に耳を傾ける。彼は大きく羽ばたき、連続性を引き裂くと、無秩序の中に絶対の島を作り出す」〉——フリオ・コルタサル「クリフォード」

そして彼は激しいレースの数々を、素晴らしいライバル馬たちと共に、果敢に戦い抜いていった。片思いに身を焦がす、わたしたち名なしのファンは、その姿にどれほど励まされ続けてきたことだろう。

彼の名前を呟くだけで、心がざわざわと勇み立ってくる。彼の存在を感じるだけで、明日に向かって顔を上げる苦痛が柔らいでくる。そして彼が走る時、まるで全世界がこの極東の地にある楕円の上をのぞきこんでいるかのように、空気の色が濃くなり、時間が圧縮され、わたしたちはその場に居るだけで、つい昨日まであった無力な存在としての自分を超克したような気分に浸ることさえできるのだ。わたしはそんな時、アルゼンチンの作家がジャズ・トランペッターに寄せた詩の抜粋を思い浮かべてしまう。〝無秩序の中に絶対の島を作り出す〟——、祈りにも似たその詩句こそが、わたしたちの彼への想いに一番ピッタリくるような気がしてならないからだ。

彼の勝利を信じるということでなく、彼の存在を信じるということ。彼の走りに耳をすませて聞こえてくる音楽を、広漠と広がる時間軸の上で彼と同じ時を共有できる幸運を、彼の名を間近に叫ぶことのできる幸福を、信じるということ。そうすれば、やりきれないほど無秩序な心の中に、やがて絶対の島が作り出せるのではないか。わたしは彼との最後の一年間を、そんな風な想いを抱きながら過ごしてきた。

それは錯覚だ、感情移入が過ぎる。馬なんかに何がわかっているものか、そんなつまらない正論を吐く人もいるだろう。しかし、錯覚さえ抱けない荒《すさ》んだ心に、一体何が棲みついてくれるというのだろうか。

〈われわれは内に言葉を持たなくてはならない。野球という言葉を内に持って、それをきみたち自身の内に豊かに住みつかせなくてはならない。そうすれば世の中へ出て行って男や女に話しかけるとき、きみたちは野球という言葉を話すことができる。それはかつてだれかがその言葉を話すのを聞いたからではなく、その言葉がきみたちの内に生きているからなのだ〉――W・P・キンセラ『シューレス・ジョー』

時は必ず満ちるものらしい。十二月二十三日（一九九〇年）がやってきた。「それでも、物語は決して終わることはないんだ」と、わたしは中山競馬場の人だかりにもまれながら呟き続けていた。〝感情が残っていれば物語は決して終わらない。結末がどうであろうと、物語は決して終わらないんだ〟――、誰の台詞だったろう。たしか、恋愛小説の一節だったような……。とにかく、わたしはその言葉をムキになって自分自身に言い聞かせていたのだ。秋に入ってからの彼の不調に動揺していたせいだろうか。

彼の存在を信じるということ。その名を叫び続けるということ。そして彼のラストランの一部始終をしっかりと見届けるということ。わたしたちにできることといえば、それが精一杯のことなのに、わたしは自分の無力がいたずらに悲しく、半ベソをかいたような顔つきで、競馬場の中をただせわしなく歩き回っていた。ところが、ふと顔を上げると、やっぱりそんな顔つきの（眉間には、暮れかけた途方の刻印がしっかり刻みつけられている）老若男女が、やはり同じようにうつ向き加減で歩いている姿に出くわすではないか。そんな時だ、競馬場がこの世でもっとも好ましい場所のように感じられるのは。彼の登場以来、一体幾度、そんな至福感を体験させてもらったことか。一体どれだけ多くのニューフェイスが、彼によって、この好ましき場所へ足を運ぶようになったのか。たとえ有馬記念の結果がどうであれ、その偉大な功績こそ年度代表馬にふさわしい、わたしはそう確信すると、ようやく彼の最後のレースを観戦できる心持ちになれたのだ。

そして高らかなファンファーレ。時は満ちた、賽《さい》は投げられた。その時、わたしたちは一体何を見ていたのだろう。最後のコーナー、スタンドの絶叫の隙間から、久しぶりに彼の音楽が聞こえてくるのに気づいた時、わたしはすでに我というものを失っていた。「ぼくはここだ、ぼくは行くぞ」、その前のめりのリズムに合わせるかのように空に突き出される十数万人の腕、腕、腕……。最後に腕を突き上げたのは、鞍上の武豊騎手だ。

その瞬間、とうとう〝絶対の島〟が楕円のターフ上に出現した。わたしたちは凡百の脳ミソが持つシワ一本彼方に存在する、選ばれた者だけが見ることを許された〝ビジョン〟に立ち会うことができたのかもしれない。それは現実と夢の幸福な合体。ターフ・オブ・ドリームスだ。大袈裟だろうか。多分そうだろう。センチメンタルだろうか。多分そうだろう。しかし。センチメンタルのどこが悪いのだ！

映画にもなったキンセラの小説の主人公の台詞に出てくる〝野球〟を、彼の名に置き換えてみる。はたして、わたしは彼を心の内に豊かに根づかせることができただろうか。わからない。でも、これからだって、わたしは彼という存在を手がかりにして競馬を語り、そして老若男女に話しかけていきたいと願っている。まずは願うということ、信じるということ。すべてはそこから始まるはずだ。

ありがとう、オグリキャップ。

映像作品「さよなら　オグリキャップ」ライナーノーツ、1991年

第七章
多動だった頃

吉田美和は詩も素晴らしい

九月二日、東京ドームで行われたDREAMS COME TRUEの「WONDERLAND 2023」に行ってきた。吉田美和の美しい空中遊泳から始まって怒濤のアンコール五連発まで、楽しすぎるにもほどがある三時間。ライブの翌日に「美和さん」がX（旧ツイッター）のトレンド入りして、「体力化け物」といった讃辞が並びました。

ところで皆さん、音楽、文学、映画、演劇といったあらゆる創造物にあって人気を博する作品に共通する特徴は何だと思いますか？　わたしは「普遍」と「特殊」の匙加減の絶妙さだと考えているんです。「普遍」とは大勢の人が経験したり感じたり理解できたりすることで、「特殊」はアーティストならではの表現。

たとえば、ドリカムを代表する名曲で、ファンでなくとも口ずさめるほど有名な『未来予想図Ⅱ』。つき合っている彼氏に車で家まで送ってもらう女の子という光景は、経験したことがあったり、映画やドラマで何度も見たことがあるがゆえに、彼女の気持ちにスッと寄りそえますよね。じゃあ、この詩のどこに「特殊」があるかといえば、現在進行形のエピソード〈私を降ろした後　角をまがるまで　見送ると　いつもブレーキランプ　五回点滅　ア・イ・シ・テ・ル　のサイン〉の後に、彼氏のバイクの後ろに乗っていた高校時代の思い出〈二人でバイクの

メット　五回ぶつけてたあの合図　サイン変わった今も　同じ気持ちで　素直に　愛してる〉を対応させている点にあります。この、これまでどこにもお目にかかったことのない愛情の表現と、〈未来予想図〉という新しい言葉によって、彼氏の車やバイクに同乗する女の子というありきたりの構図が、特別なものに一変してしまう。誰でも理解できる普遍的な光景や気持ちに、吉田美和ならではの表現が加わることによって、『未来予想図Ⅱ』は大勢の人に愛される名曲になったんです。

若くして亡くなった友人の編集者・木村由花に、構成者として協力した『吉田美和歌詩集　ＬＯＶＥ』と『吉田美和歌詩集　ＬＩＦＥ』には、そんな稀代のヒットメーカーの「普遍」と「特殊」の妙が詰まっています。普段見慣れたものからその日常性をはぎとり、事物に新たな光を与える。「クリシェ」と呼ばれる陳腐な決まり文句や月並みな考え、プロット、情景描写などが、斬新な表現によって、まるで初めて見た／聞いた／知ったことのように思えてしまう。美和さんの詩には「異化」も溢れかえっています。是非、この歌詩集で言葉の面からも吉田美和の魅力に触れてみてください。

「新文化」２０２３年９月14日号

日本の翻訳出版は素晴らしい

今年もノーベル文学賞発表の季節がやってきて、大型書店で催されたパブリックビューイングで村上春樹落選の報に接して肩を落としている熱心なファンの姿がニュースで流れましたけど、もういい加減にしてやれと思うのはわたくしだけではありますまい。毎年毎年十月になると騒ぎの渦中に投げ込まれる者の身にもなれ、です。

そもそもの話、春樹にノーベル賞が授与される可能性は果てしなくゼロに近い。なぜなら、春樹作品で描かれる女性像やジェンダー観や男性に都合のいいセックス観が、昭和のおじさん感覚のままだから。イギリス国籍だけれど日本生まれのカズオ・イシグロが二〇一七年に受賞したばかりだから。現在の選考委員がとりわけコンプライアンスに敏感だから。なんだかんだいって、英・独・仏・スウェーデン語に翻訳されていなければならないノーベル文学賞はヨーロッパ主体の文学賞だから。

というわけで、今年の受賞者はノルウェーの劇作家ヨン・フォッセだったわけだけれど、演劇ファンでもない限り、日本人でこの方の名前を知っている人なぞおりますまい。小説家としての評価も高いとはいえ、日本では翻訳は進んでいない（二〇二四年九月に、小説の代表作といわれている『三部作［トリロギーエン］』が早川書房から刊行された）。

その状況を指して、Xで「ノーベル賞を受賞するような作家の作品が訳されていない日本の出版文化を憂える」的なポストがバズった。SNSっていうのは良くも悪くも誰もが好きなことを投稿できるゆえに、ろくな知識を持たない半可通《はんかつう》が正義感を振り回してある分野を批判し、同じような半可通どもから称賛される一方、事情通の失笑を買うということがよく起きるわけで、前述のポストがまさにそれ。このポスト主が普段から海外文学に親しんでいたら、そんな投稿はしないはずだからだ。採算が取れるかどうかギリギリのラインで、世界で評価されている過去や現在の傑作のみならず、一体誰が読むのか系の奇書に至るまで翻訳出版してくれている版元がどれほど多いか。優れた翻訳家がどれほど大勢いるか。彼らの奮闘努力ぶりと成果を知りもしないで、正義漢面《づら》して批判してんじゃねーよとブチ切れたトヨザキなんではありました。

最近も国書刊行会からコルヴォー男爵の『教皇ハドリアヌス七世』が出て驚喜したところだ。澁澤龍彥マニアならタイトルくらいは知っているはずの伝説の奇書。四十年来ずっと読みたいと願いながら、翻訳はされないだろうと諦めていたこの小説がついに……。日本の翻訳界の底力を見よ！　半可通どもに言ってやろうじゃありませんか。

「新文化」２０２３年10月12日号

全政治家は飯嶋和一を読むべし

国立科学博物館が運営資金を募るクラウドファンディングが、目標金額の九倍となる九億円を突破した。その慶事を言祝《ことほ》ぐ一方で、わたしはとても腹が立っている。維新の会支持者でさえ六十五%が「不要」と断じている、八方ふさがりの大阪万博の建設費増額には協力しておきながら、叡智《えいち》を後世に伝えるための施設の困窮には、〝国立〟なのにそっぽを向く。「子ども食堂」といい、こんなに国民の善意におんぶに抱っこな政権がこれまで存在しただろうか。

全政治家に飯嶋和一《かずいち》の小説を読んで、自らの在りようを問い直せと言ってやりたい！　私利私欲に走り、民を死に追いやる悪政非道に対する異議申し立て。飯嶋さんは自作の中で、さまざまな形で強者の勝手な論理に対し「NO！」を突きつけてきた。たとえば、島原の乱（一六三七年）を題材にとった『出星前夜』。天草四郎のようなスターではなく、歴史の大きな波の中では泡のごとくはかなく消えてしまう庶民の視線から史実をとらえ直すことで、切迫したドラマを生み出すことに成功しているのだ。

主人公は島原半島有家《ありえ》村の庄屋・鬼塚甚右衛門《じんえもん》と、同じく有家村の若者・矢矩鍬之介《やのりしゅうのすけ》（通称・寿安《ジュアン》）。教科書では「キリシタン農民の反乱」と説明される島原の乱を、作者の飯嶋さんは、棄教転宗を強いられ、凶作にもかかわらず法外な年貢を取り立てられ、あげく栄養不良になった幼き者を伝染病が襲っても、キリスト教ならではの受容の精神で藩主のいいなりになっている大人たちに対する、子供たちの反抗から描き始める。

そのリーダーがイスパニア人の血を引く十九歳の寿安。彼は、ふがいない大人への怒りを抱えた少年たちと教会堂の森に立てこもり、迎えに来た親たちを石つぶてで追い返すようになるのだ。秀吉の朝鮮出兵の折には有馬軍の一将として勇名を馳せながら、庄屋となってからは自ら率先して働くことで村人の敬愛を集めていた甚右衛門も寿安らの説得に失敗。〈ただ当たり前の暮らしがしたかった。戦などという狂気の沙汰に再び有家の人々を追いやることさえ避けられればよいと思って〉、藩主の横暴にも耐えてきた甚右衛門だったのだけれど、子供たちから浴びせられる石つぶてが、藩主の苛政を受け入れてきた自分の不甲斐なさを責める無言の言葉であることを思い知り――。

「聞く力」などと言いながら、聞きたいことしか聞こうとしない岸田さん、じゃあ「見る力」はどうですか。あなたには、わたしたちが投げる石つぶてが見えていますか。

「新文化」２０２３年11月９日号

奇天烈紳士録

かなり前の話になるけれど、テレビ番組の企画で、チョコボールのキャラクターの着ぐるみに頭と足だけ出して入った江頭2：50が、中腰で北京の街をパタパタ走り回り、かの国のおばちゃんたちから大笑いされている映像を見た時、深い感動を覚えたものでした。「水中クンバカ」と称して巨大水槽の中で四分十四秒も息を止めたり、イスラム圏の国で全裸になって現地警察に捕まったりと、エガちゃんは、令和の今となっては地上波では放送できないような過激な芸風で知られる芸人だけれど、わたしは大好き、というか畏敬の念を抱いているんです。

ジョン・ミッチェルの『奇天烈紳士録《キテレツ》』という本があります。とんでもないことを考えたり、常識からはずれた人生を送ったりしている奇人変人たちの主張と生涯を二十二章にわたって記録した本です。

異様なまでにひたむきな求愛によって、犯罪を犯すことも躊躇しなかった男。地球が平らであることを証明しようとした男。人類は地球の内側に住んでいると主張したグループ。人類発祥の地はイギリスで、イエスもイギリスで生まれたと『聖書』を書き換えた男。ドリルで頭に孔を開けることで、第三の目を開眼させ意識を覚醒しようと試みた人々。シェークスピア作品を書いたのはシェークスピアではないと断ずる者たち。失恋をきっかけに、忘れられない彼女と住むための珊瑚と石から成る無蓋の宮殿を作った公爵。

などなど、常軌を逸した思想や奇行で知られる人々が次から次へと登場し、奇人変人好きにはたまらない本なのです。わたしがなぜ、エガちゃんのような芸風や、この本に出てくる人たちを愛してやまないかというと、驚かせてくれるからです。平凡極まりない自分の、凡庸極まりない価値観に風穴をあけてくれるからです。わたしが見ている世界の向こう側に、別のルールによって存在している世界があるのかもしれないと思わせてくれるからです。

最近気になっているのが、子供の頃から側溝にはまって横たわるのが好きで、女性の下着を窃視していたという犯行で逮捕（三度目）された「側溝男」です。取り調べで放った「生まれ変わったら道になりたい」という供述で一躍時の人となった奇人。わたしは、この三十六歳男性が女性の下着をのぞいたり盗撮していたことが残念でなりません。もし、純粋に側溝に横たわることが好きでやめられない人物だったなら、「好きな奇人変人」名鑑に載せたのに。……てか、そもそも、そんな名鑑を作っている自分が心配でなりません。

「新文化」２０２３年12月14日号

くじ運と検察審査会

検察審査会を舞台にしたドラマ『ジャンヌの裁き』（テレビ東京）が始まったり、自民党の裏金問題の不起訴処分を検察審査会で扱うことになる可能性が囁かれる昨今ですが、二十六、七歳の頃だったか、検察審査員に選ばれたことがある。

「トヨザキさんは検察審査会のメンバーを選ぶくじに当たりました」。ある日、拙宅を訪ねてきたスーツ姿の男性に、いきなりそう告げられたのだ。「はあ?」。なんですか、検察審査会って。知りませんよ、そんなもん。新手のキャッチセールスかと不審を隠さないわたしに、最高裁判所から来たという柔和な表情を顔に貼りつけた男性が縷々《るる》説明。「無理です、無理」と首を横に振り続けるわたし。「国民の義務なんです」と脅す一方で、「でも大丈夫。くじはあと二回控えておりまして、三回当たらないと審査員にはならないんです。たいていの人は次回で対象からはずれますので」と安心させようとする最高裁判所からの使者。

で、くじ運のなさには自信があるわたしがまんまと安心し、この訪問を忘れかけていた頃、しかし、ピンポーンって、またぞろ来やがったのだ、使者が。「トヨザキさん、二回目のくじも当たってしまいました」。「イヤですイヤですイヤです」と駄々をこねまくるわたし。「国民の義務なんですよっ。でも、大丈夫。三回目のくじに通るのは宝くじの一等賞に当たるよりも難しいんですから」と落ち着かせようとする使者。

……結果、宝くじなんて三百円しか当たったことがないわたしなのに、馬券もめったに当てられないわたしなのに、三回目のくじには当たってしまい、半年間、検察審査員として時々最高裁判所に通うことになったのである。ご存じのとおり、裁判員制度とは異なり検察審査会というのは、無作為に選出された十一人のメンバーが、検察官が不起訴としたものの被害者側が納得しなかった案件を、調書や資料をしっかり読み「不起訴の当否」を洗い直す組織だ。日航機墜落事故の時のように、検察審査員が御巣鷹山に登って検証するみたいな派手なこともたまには起きるものの、扱う案件のほとんどは詐欺事件と交通事故。審議は審査員全員が裁判資料を全部読んだ上で行うので、読むのが苦手な人の進捗に合わせなくてはならず、ゆえに作業は遅々として進まない。三谷幸喜の傑作戯曲『12人の優しい日本人』のような劇的な議論が交わされることもない。審議の場で偉そうに振る舞う、声だけデカくて理解力が雑なおじさんを、理屈で凹ませるという昏い楽しみはあったものの、正直退屈な半年間だった。

あれ以来、宝くじは一度も買ってません。なけなしのくじ運はあの時に使い果たしたにちがいありませんから。

「新文化」2024年1月18日号

骨折とはかどる読書生活

骨折しちゃいました。食事会の帰り、地下鉄のホームに降りる階段をダダタダッと踏み外して、左の足首ゴキッ骨ボキッ。なんとか自力で帰宅したんですが、翌朝、足が見たこともないような色でパンパンに腫れ上がってたもんですから病院へ行き、松葉杖生活が始まったという次第です。

骨折は、これで二回目。初回は忘れもしない二〇〇二年六月四日、日韓共同ワールドカップ「日本対ベルギー戦」が開催された日でありました。よそ見運転で右折してきた軽トラックに跳ね飛ばされて、肋骨を強打。救急車で運ばれるわ、警察で事情聴取されるわで時間を食い、このまま帰宅したんでは試合に間に合わないと判断したわたしは、よく行く料理屋に飛び込んで、持参している携帯ラジオを聴くことに。で、やはりベルギー戦の行方を気にしながら飲んでいるサラリーマンの皆さんに、実況中継をしてあげたのです。元気だな、としか言いようのない四十一歳ではありました。

その時と比べ、今回は難儀を強いられております。担当医からは「とにかく折った足は下につけるな」と厳命されているのですが、一人暮らしの身で松葉杖つきっぱなしなんて無理に決まってます。猫の世話もあるし、町田妻（92ページ既出）も高齢になった今、家事だって自分でしなきゃいけないし、両手を使わず生活するなんて不可能です。松葉杖で都会の雑踏を歩く自信はないからトークイベントもオンラインで参加させてもらい、通院以外の外出を避けている今日この頃なので、読書は絶好調。いつもの二倍くらい読めているのは、まさに怪我の功名というべきでありましょう。そんな中、ヘンテコ小説が好物なわたしを唸らせてくれたのが、ユーリー・マムレーエフの『穴持たずども』と、李箱《イサン》の『翼　李箱作品集』です。

　四十がらみの殺人鬼フョードル・ソンノフをはじめ、ガチョウを膣に突っ込むような性的人間や、己の体を食べる自食男、鶏人間、頭でっかちの形而上派グループの面々といった奇人変人が跳梁跋扈《ちょうりょうばっこ》する、ぶっ飛び思弁小説である前者。怠惰を愛してやまない徹底的受動態のひきこもり男〈僕〉と、家で売春行為をしている妻の、とても奇妙な生活を小学生の作文のような文体で綴った表題作「翼」を筆頭に、どこか藤枝静男味のある前衛性をまとった後者。

　どちらも一時《いっとき》、骨折していること、というか現実全般を忘れてしまうほど、奇妙な素敵滅法界に誘う傑作だったのです。ああ、でも、早く歩けるようになってアリ・アスター監督の新作映画『ボーはおそれている』を観に行きたいＹＯ！

「新文化」２０２４年２月15日号

ハーイ、C摂ってる？

直木賞受賞作の『空中ブランコ』などの作品で知られる人気作家・奥田英朗には、半自伝的青春小説『東京物語』という隠れた名作があります。奥田さんとほぼ同じ年のわたしにとっては、上京してきた時期が似ていることもあって、物語の中で描かれる四十数年前の地方出身者ならではの失敗にはうなずくところが多い小説でした。とりわけ記憶に残っているのは、主人公が自分よりも先に上京した友人宅に、世田谷区と最寄り駅の情報だけでたどり着けると思っていたというエピソードです。とりあえず駅に行って、交番で友人の名前を出せば行けるだろう、と。

わたしも、テレビドラマでは恋人や友人が街角でばったり出くわすシーンが多いので、感覚的には東京を地元名古屋の繁華街程度に思っていた節があり、実際上京した折にはその交通網の複雑さと人間の多さに仰天。最初の三カ月くらいは人混みに流され行きたい所には一向にたどり着けず、そもそも行きたい所にどうやって行くのかすらよくわからず、ドラマにおける偶然の邂逅《かいこう》などほぼあり得ないことを実感したんであります。

なもんですから、行けるのは池袋や新宿がせいぜい。渋谷や原宿、六本木のようなオシャレな人たちが集う街には一切足を踏み入れない、地味ぃな学生生活を送っていたところ、同じ学年なのに四つも年上のエグシという男から「なあ、今最先端の連中の間でキャベツが流行ってるの、知ってた?」と声をかけられたのでした。エグシが言うには、六本木を歩いてる人たちはみんなキャベツを小脇に抱えてて、そういう連中はすれ違いざま「ハーイ、(ビタミン)C摂ってる?」と声を交わすという。十八歳のトヨザキはそりゃあもう度肝を抜かれました。東京って凄いっと興奮いたしました。早速名古屋の友人に電話をかけて得々と「今さあ、六本木でキャベツが流行っててさあ」と自慢したのはいうまでもありません。当時練馬区に住んでいたわたしは、この地域におけるファーストペンギンになるべく、酒の勢いを借りて自らキャベツを小脇に抱え、蚊の鳴くような声で「ハ〜イ、C摂ってる?」と呟きすらいたしました。

なのに……。十日ほど経った頃、名古屋の友人から「トヨちゃん、だまされてない? 調べたけど、そんな奇妙なこと流行ってないよ」と電話が。翌日エグシをとっつかまえて問い質《ただ》したところ、「信じてたのか? 信じてたのかっ!?(爆笑)」とバカにされる始末。以来、何でも一度は疑ってかかるイヤな性格が付与されたのでありました。

「新文化」２０２４年３月14日号

荒川さんは、死んでません

「俺のこと男だと思ってるだろ？　実は女なんだぜ」、十数年前に書店で開催されたトークイベントで、荒川修作は開口一番そう言い放ってニヤリと笑ったのだった。「中央線って人身事故が多いだろ。それを解決するために中央線の上に町を作ろうと思ってるんだ」とか「人間は死なないんだよ」とか、「これぞ荒川！」とファンなら驚喜するような話を多々展開していったイベントのずっと前から、わたしはこの天才アーティストを敬愛していたのだ。

きっかけは、氏が岐阜に作ったテーマパークの「養老天命反転地」。開業されたばかりの頃、雨が降ると滑って転んで骨折者続出という出来事があり、当時「週刊文春」で複数のライターと連載していた「三面記事探検隊がゆく」でその後追い取材をすることになったのだ。担当編集者と「荒川さんのコメントが欲しいけど、ニューヨーク在住だから難しいかな」と話していたところ、ちょうど帰国していて電話取材に応じていただけることに。

「君みたいなイエロージャーナリズムに与《くみ》しているプアなライター」「清水寺で一体何人の人足が人柱になったか、知ってるのか。骨折くらいなんだよ」「青島都知事に頼まれて、中止になった都市博の跡地に養老天命の町を作る計画があって、それで帰国してるんだけどさ、その町は君みたいなプアな人でも入れるように家賃は格安にするつもりなんだよ。入るだろ？　入りたいだろ？　入れてやるよ」

約二時間喋る、喋る喋る喋る。この間魅了されっぱなしのわたくし。こんなに面白い人に生まれて初めて出会ったという、異様な興奮に包まれたのだった。

以降、動向に注目し続けていたのだけれど、なかでも印象深いのは、『課外授業　ようこそ先輩』という母校を訪ねて後輩たちと一緒に何かをするってNHKの番組。荒川さんが訪問して収録した小学校が、放映後に出身校ではなかったことがわかったのだ。そんなことあります？おまけにそれを知った荒川さんのコメントが「このような勘違いを批判する日本社会の性質はおかしい」。その態度に対して怒った人は多かったけど、わたしは拍手を送ったものだ。冒頭の「俺は女」発言じゃないけれど、目に見えるものが真実とは限らないと伝え続けた荒川さんにとって、出身校が実は隣の小学校だったなんて〝事実〟は些末なことなんだから。

一応二〇一〇年に亡くなったことになってるけど、荒川さん、死んでませんよ。『死ぬのは法律違反です――死に抗する建築』を読めば、そう確信できるはず。読むが大吉。

「新文化」２０２４年４月11日号

競馬場童子に会った話

今、原稿を書いているのは五月二十一日の火曜日。週末には第九十一回日本ダービーが控えている。この時期に必ず思い出すのが一九八八年五月二十九日のこと。わたしは座敷童子《わらし》ならぬ競馬場童子に遭遇したのだ。

初夏というより真夏を思わせる強い日差しのもと、第五十五回ダービーを満喫せんと東京競馬場にいたわたしは、ビール片手に第八レースの予想を立てていた。するといつの間にか女児が横に。おかっぱ頭に白のブラウス&肩紐つきの短いスカートという古風な見かけの女の子が、ニタニタ笑いながらわたしを見上げていたのだ。

「……が来るよ」

「え？」

「黄色が来るよ」

気にも留めず、第八レースの馬券を買いに窓口へ行くわたしの後をついてくる少女。無視していてもそばにいるのがうっとうしく、迷子センターに連れていく前にかき氷でも買ってやろうと売店に並んだものの、しかし、気づけばいなくなっていたのだ。その後、ダービー出走馬検分のためパドックに陣取ったわたしが、場内放送で知った第八レースの結果が五枠のマスコットマーチの勝利。五枠、つまり黄色枠の馬が勝ったのである。

　この日のダービーで人気になっていたのはサッカーボーイと皐月賞馬のヤエノムテキ。でも、サッカーボーイに二四〇〇メートルは長いという気がして仕方なく、ヤエノムテキはパドックでチャカついていたように気性に難があるからイマイチ信頼しづらい。馬体がバカによく見えるのは名手・岡部幸雄騎乗のメジロアルダン。どうする？　どうするトヨザキ。馬券購入の列についてからも悩みに悩んでいると、下からわたしのシャツを引っぱる手が……。再び現れたのだ、おかっぱ頭の女の子が。ニタニタ笑っている子のご託宣を息を止めて待つわたし。やがて——。

「黒が来るよ」、小さな声で少女はそうのたまわったのだ。もう迷いません。黒の二枠からヤエノムテキの四枠、メジロアルダンの六枠にそれぞれ五千円。二枠に入っている三頭の中ではパドックで一番良く見えたサクラチヨノオーの単勝に二千円つっこんだのです。結果は一着サクラチヨノオー、二着メジロアルダンで、配当は単勝が九四〇円、枠連が千五百円と大儲け。なので、お礼にお菓子でも買ってあげたいと思ったのだけれど、ついさっきまでへばりついていた女の子がいなくなってしまったのだ。

　今でも競馬場で悩むと、ついあの子を探してしまうのだけれど、その後一度も再会できたことはない。

「新文化」２０２４年５月23日号

多動だった頃

二〇二一年にいくつものテストや検査や面談を経て、ＡＤＨＤ（注意欠如多動症）だと告げられた小説家の柴崎友香が、幼少期から現在に至るまで経験してきた自身にとっての困難なとや状況を丁寧に語り起こした『あらゆることは今起こる』は大変な名著です。

具体的なエピソードや症例を示すことで、読者はＡＤＨＤの多様性に気づかされ関心を深めていく。人はそれぞれに違っていて、それぞれの在りようで尊重されるべきという大切なことを、柔らかな思考と文体で訴えて素晴らしいこの本を読んでいて、わたしも問題児扱いされた自分の子ども時代を思い返したのではありました。

〈常に複数の考えがランダムに流れ続けているし、なにか外からの刺激があるとさらに次々に思い浮かぶ〉という〈脳内多動〉の柴崎さんとは違って、わたしは授業中にじっとしていられない行動型多動の子どもでした。

じっとしていることを強いられると、皮膚の下を小さな虫がざわざわうごめくような感覚が生じて、それが気持ち悪くて腕を掻きむしった幼児期。花火に興奮して振り回したせいで、友達の浴衣に火がついてあわやの事態を引き起こした園児期。授業中、無意識のうちに立ち上がろうとするたび、先生から長い物差しでそっと頭を押さえられた（教壇の真ん前の席が定位置）

小学校低学年期。母親が来てくれているのが嬉しいあまり鼻血が出て、びっくりして立ち上がったら隣席の女の子のよそゆきの白いブラウスに血が飛んで「鼻血が出た！」「鼻血が飛んだ！」とちょっとした阿鼻叫喚の図が生まれた授業参観日。「ウーラララッ、ウーラララッ」と当時流行っていた山本リンダの曲を歌いながらキャベツの千切りをしているうちに、どんどんどんどん手が速くなっていき、「トヨさんのキャベツの下から血が流れてくる」と指摘を受け病院に運ばれた家庭科の調理実習。リレーの代表に選ばれたので、友達に合図をしてもらい階段でスタートのタイミングの練習をしているうちに、本当に頭から飛び込んで失神し、大事を取って出場を止められた市の水泳大会前日。友達の冗談がツボに入って大笑いしながら頭を打ち続けていたら、窓ガラスを突き破ってしまった高校時代。

枚挙にいとまが無いとはこのことで、多動と興奮をめぐる失敗談には事欠かない人生を送ってきました。両親や周囲の方々に迷惑をかけたとはいえ、よく五体満足のまま生きてこられたなあと、自分で自分を褒めてやりたい気持ちでいっぱいです。

「新文化」２０２４年７月11日号

単純ではない「性別」

この原稿を書いている今は、パリオリンピック二〇二四の真っ最中。そんな中、ボクシング女子六十六キロ級のイマネ・ケリフ選手（アルジェリア代表）をめぐる騒動には胸を痛めました。おそらくは性分化疾患（DSD）によってテストステロン（男性ホルモン）の血中濃度が高いため体格が男っぽくなってしまい、そのせいで事情を調べもしないバカ者どもが「トランスジェンダーが女子の試合に出てくるんじゃない」だの「男が女に暴力をふるうのがスポーツなのか」だの、心ない誹謗中傷や攻撃を繰り返したからです。ケリフ選手は東京オリンピックにも出場していたのに（準々決勝敗退）。

国際オリンピック委員会（IOC）がこの件について早々にコメントを発表したのは賢明でした。「ケリフ選手は女性として生まれ、女性として登録され、女性として人生を送り、女性としてボクシングをし、女性のパスポートを持っている」

イマネ・ケリフという一人の女性がこれまでたどってきた、つらいことが多かったであろう半生を思って脳裏に浮かぶのは、ジェフリー・ユージェニデスの長篇小説『ミドルセックス』です。主人公は第五染色体に起きた劣性突然変異遺伝子の持ち主であるカリオペ。女児としてこの世に生を受けたのに、だんだん顔つきが男っぽくなっていき、背ばかり伸びていくのに胸はぺちゃんこで生理もこない。女子校に通うようになったカリオペは他の娘たちとの違いに悩み、ある同級生への想いに苦しみます。やがて十四歳になったカリオペは男（カル）として生き直すのですが——。

四十一歳になったカリオペ／カルが自らのルーツを語り起こすという構成を取ったこの小説は、ギリシャ系一族が紡いできたファミリー・サーガを、二〇世紀アメリカの歩みとシンクロさせながら描いていきます。また、この物語の中では全人物と事象が、カリオペ／カル同様、二重性を帯びているのも特徴的。すべての登場人物の心中に分け入り、その運命に寄り添う。そんな書き方がされた小説であり、そんな読み方を求められる傑作なのです。カリオペ／カルはケリフ選手とはちがう疾患とはいえ、世のマジョリティが思っているほど「性別」が単純なものではないことを教えてくれる希有なキャラクターといえましょう。

幼い頃からボーイッシュな格好を好み、よく男の子と間違えられ、「男女」とからかわれ、外でトイレに入る時は間違えられないように高めの声で咳払いをしてから入るようにしていたわたしは、ほんの少しだけですが、ケリフ選手やカリオペの痛みがわかるのです。

「新文化」２０２４年８月８日号

飼っているのは猫だけれど、犬も大好きだ。猫派だの犬派だの分けるのはくだらない。わたしはケモノ派なのである。

とはいえ、猫と犬は性質がちがう。猫は平穏な日常を好むので、知らない人には懐かないし、異常事態は好まない。かつて飼っていた猫なぞは、わたしが電話をしていると「やめなさい」とばかりに受話器を耳からはがそうとしたものだ。大きな声で歌おうものなら、足にすがって「やめろやめろ」と大騒ぎ。彼からしたら、わたしが気がふれたように見えたのだろう。

その点、犬はお客さんやハプニングが大好きだし、人間と何かするのが嬉しくてたまらない。いつでも飼い主の動向に気を配り、期待に満ちた眼差しで次の指示を待っていたりする。猫を飼う者は下僕で、犬を飼う者は主人になれるのだ。

犬の動画で忘れられないのが、海外のお宅でワーキャー走り回っている五人の幼児を、羊を誘導するかのように巧みに部屋の隅っこにまとめたボーダーコリーのそれだ。賢いなあと感心することしきり。

あと、ちょっと前に「おやつの入った皿を持った飼い主が倒れるのを目撃した猫と犬はどう振る舞うか」という動画を見かけたけど、迷わずおやつを食べる猫に比して、犬は飼い主を心配してそばから離れようとしなかった。健気。もちろん猫だっていろいろだから、この犬のように振る舞う子だっているだろう。が、八割の猫はおやつまっしぐらだと思う。

そんな犬の美質を描いた小説が、ボストン・テランの『その犬の歩むところ』。ギヴという犬の歩みでアメリカの現代史をたどり、その濁りのない目を通して天災や戦争によって混乱と悲しみにうちひしがれる人々の姿を描く物語になっている。

ハンガリー移民のアンナとのギヴの穏やかな生活→ジェムとイアン兄弟にさらわれ、ダラスへ→イアンはルーシーと出会って恋に落ち、ギヴに愛情を傾ける彼女に自分の過去とギヴをさらったことを打ち明け、贖罪《しょくざい》→二人はギヴを連れてニューオーリンズへ向かうものの、イアンは途中で行方不明となり、ルーシーはハリケーンに巻き込まれることに→嵐によって彼女と離ればなれになったギヴは、イラク帰還兵のディーンと邂逅→ギヴと出会ったことの意味や自分が果たす役割を考えるうちに、前の飼い主のルーシーや亡くなった戦友の生家を訪ね歩くことを決意したディーンは——。

ギヴにまつわる有為転変を描く中、作者が伝えるのは犬が象徴する〈正しい愛〉。猫派の皆さんにも読んでほしいエバーグリーンの一作だ。

「新文化」２０２４年９月12日号

いづこも同じ秋の夕暮れ

敗戦間際の沖縄戦体験組、現代を生きる小学生や高校生たちとその親、一九六〇年代から七〇年代に若き日を過ごした世代――主に三つのグループに分かれる十四名の語り手たちが、時に愛らしく、時に沈痛に、時に怒りにまかせ、時に厳粛に、時に軽薄に、時に哀切にとそれぞれの声をつないでいき、沖縄という土地に流れる時間と人間を接続させていく豊永浩平の『月《ちち》ぬ走《は》いや、馬《うんま》ぬ走《は》い』。これがデビュー作かと文壇を騒然とさせたこの小説にも、沖縄文学お約束の魅力的なオバアが出てきます。

タイトルにもなっている〈月ぬ走いや、馬ぬ走い〉という沖縄の黄金言葉《くがにくとぅば》を、〈馬さながらに歳月は駆け抜けてしまいますから、時をだいじにすべし、けれど苦悩は結局なくなるものとして抛ってしまいなさいな!〉と解釈して幼い孫に手渡すオバア。自分事で恐縮ですが、わたしも母方の祖母から大事な言葉をもらったことがあります。

姉と母を亡くし、父親と二人暮らしをするようになったものの折り合いが悪くて、寄宿制の高校に進学したいと思い詰めていた中学二年生の時、山梨県にいる祖母を訪ねていったんです。わたしの話を時々うなずきながら聞いていた祖母がぼそっと呟いたのが「由美ぃ、いづこも同じ秋の夕暮れだぞ」という言葉。後年、『後拾遺和歌集《ごしゅういわかしゅう》』にある良暹《りょうぜん》の歌の下の句だと知るんですが、その時は中二なりの能力で勝手に解釈してしまったんですね。「今のままの自分なら、どこに行っても同じだってことなのかなあ」と。

祖母はユニークな出自の人で、幼い頃は霊力がある（と自認している）母親に連れられて村から村を渡り歩いていたそうです。縁あって、日蓮宗の僧侶である祖父のもとに嫁いで山梨県東《ひがし》八代《やつしろ》郡《ぐん》花鳥《はなとり》村《むら》の小さな寺へ。初めて会った時「おばあちゃんは生まれた時からおばあちゃんなの？」と訊いたら、はずした入れ歯を顔の横でカチャカチャ鳴らすから三歳児絶叫。学はないけれど面白い人で、わたしは大好きでした。

対面式の座席のバスに乗れば、乗降口が見える席に陣取り、「左」「左」「真ん中」「右」「左」と、幼いわたしに乗り込んでくる男性の性器がどちらに収められているかをいちいち教えてくれたり、畳に落ちていた赤ん坊だった姉の干からびたウンコを、かりん糖だと思って口に入れてしまったみたいなバカ話をしてくれたり、極限まで重力に負けた長い乳を「よっこらしょ」と肩に担ぎ上げようとしたり、わたしの奇人変人好きはこの祖母に端を発しているのではないかと思うくらい変わった人でした。

今でも、他人のせいにしたくなったり、何もかもイヤになったりすると「いづこも同じ秋の夕暮れだぞ」という祖母の声を思い出し、気を取り直そうとする自分がいます。あと、右・左・真ん中の見分け方の達人になったのはいうまでもありません。

「新文化」２０２４年10月10日号

薄給&激務の編プロ時代が、「書く」修業になった

豊﨑：月並みな話ですが、本が大好きで、出版に関わる仕事をしたかったんですけど、「飲む・打つ・買う」の「買う」だけやってないみたいな、まあふざけた大学生活を送ってしまったために、わたしに入れる出版社なんてなかったんですよね。それで卒業後は、編集プロダクションで数年間働いていました。

最初に入った編プロは、思い返してもヒドイところで、社長が書いたくっだらない文章を載せた業界新聞みたいなのに、チラシとか割引券とかを挟んで配布するビジネスをやってて。わたしに与えられたのは、50ccのバイクに乗ってそれを関係先に配る仕事。配達中に東銀座のマガジンハウスのビルとかを眺めては、「自分もいつか、こんなところで仕事できたらなぁ」なんて思っていました。

次に入った編プロは激務で薄給だったものの、仕事仲間にも恵まれ、ここが「書く」仕事の最初の修業の場となったと振り返る。

豊﨑：とにかく人手が足りなかったので、編集からライティング、インタビューもやれば、他のライターが書いた文章に直しを入れるよ

うなことまで、もう何でもやっていました。でも、駆け出しの若造の書く記事なんて、やっぱり下手くそじゃないですか。そこはすごくいい編プロで、「ここは、こういうふうに書いてごらん」と新人のわたしにつきっ切りで仕事を教えてくれました。

ライターとして育ててもらったこの場所には「感謝しかない」と語る豊崎さんだが、薄給のため生活はカツカツ、お金のやりくりには相当苦労したという。

豊崎：八〇年代の中頃で「これからバブルが来る！」くらいのタイミングだったんですけど、わたしには本当にお金がなかったですね。だから、週末の休みに副業で、ポルノ雑誌の仕事をやって糊口をしのいでいました。一人で一冊のうちの半分くらいを書いてたんだから、われながらよくやってましたよ。

しかも、その手の雑誌はギャラも安いので月三、四万円くらいにしかならない。でも、それでもやらないと生活できなかった。十二字×一行、十四字×三行、十五字×一行……みたいな、めちゃくちゃなレイアウトにぴたりと合うように文章を書いたり、「性のお悩み相談室」みたいなQ&Aコーナーでは、自分で悩みを考えて自分で答えるという自作自演をやったり、ありとあらゆることをやりました。でも、この時の修業のような経験は、のちにいろいろな媒体で文章を書くうえですごく役に立った。自分の根幹を成す、大切な下積み時代です。

来た仕事は断らない。
三十代の努力で花開いた四十代

そんなノンストップな仕事生活を送るなか、最初の転機となったのは、編プロ時代に担当した美術誌の特別号だったという。この原稿依頼を通して、文学、映画などを中心とした評論やエッセイで知られる川本三郎さんの知遇を得ることになる。

豊崎：有名な作家とか評論家の方たちに原稿依頼できる企画だったので、ここぞとばかりに自分が会いたい人にお願いしたんです(笑)。そのうちの一人が川本さんでした。

最初にお手紙を差し上げたら、「最近はもう、あなたみたいな人は少ない。いい手紙でした」とおっしゃってくれて、安い原稿料だったんですが「書きましょう」って。その仕事以降も、すごく可愛がってくださって、わたしが「演劇が好きだけど、お金もなくてなかなか行けない」みたいな話をしたら、その頃劇評も書いていた川本さんは「招待状が来たから、一緒に行こう」と、よく劇場に連れて行ってくださいました。

これはあとから知ったことですけど、演劇の招待って、本人のみ有効なんですよね。同伴者は、お金払わなきゃいけない。だから川本さん、じつはわたしの分を払ってくれていたんです。で、帰りはおでん屋とかに飲みに行って、編集者の人を紹介してくださったりして。

この恩人との出会いが、豊﨑さんの、その後のフリーライターとしての道を開くことになる。

豊﨑：川本さんの紹介で、マガジンハウスの情報誌「ダカーポ」の映画紹介欄を任せてもらえることになって。無署名記事でしたけど、本格的にものを書いてきたわけではない自分にとっては、ものすごく大きな経験でした。それ以降、担当だった青木明節《あきさだ》さんを介してどんどんマガジンハウスの仕事が来るようになった。

個人で受けているとはいえ、勝手に懐に入れるのがイヤだったので、振り込みは編プロにしてもらい、いわば公の仕事としてやっていたんですけど、ある時計算してみたら書く仕事だけで月五十万円を超えていて。それでフリーでやっていく自信をつけたわたしは、独立することを決意しました。

フリーランスになったのは一九八七年、二十六歳の時。人々の消費が拡大し、雑誌に勢いのあった時代である。新創刊する雑誌も後を絶たず、新しい書き手が求められていた。筆が立つのを見込まれ、豊﨑さんのもとには次々とライター仕事が舞い込んだ。コラムも書けば座談会のまとめもやる、ルポも書けば女性誌初の競馬予想連載を担当するといった具合に、来る仕事は一切断らなかったという。

豊﨑：四十歳くらいになるまで、どんなにいっぱいいっぱいでも、仕事を断ったことはありませんでした。断ったら、もう次は頼まれないんじゃないか、という恐怖がありましたからね。本当に働いてばかりだったし、ものすごく努力もした。三十歳になるまで海外旅行したこともなかったし、テレビを見ててもCMになると「あの原稿の出だし、どうしようかな」と、四六時中、仕事のことばかり考えていました。それが幸せなことだったのかはわかりませんけど、三十代のうちにあれだけやったからこそ、ライターとして花開いた四十代があったと思っています。

「本当は何がしたいの？」転機となった雑誌「CREA」での書評連載

現在、「書評家」として、主に文学作品の面白さを紹介する仕事をメインとしている豊崎さんだが、そのきっかけは、一九八九年に創刊された文藝春秋の女性誌「CREA」だった。

豊崎：「読み物CREA時代」と言われた初期に、この雑誌で仕事をできたのは、わたしにとって本当に大きな経験でした。当時の「CREA」は、年二回必ず文学特集と映画特集をやっていて、女性誌と謳ってはいるものの、内実ほとんどサブカル雑誌だったんですよね。一九九五年に芥川賞を受賞した保坂和志さんと、同年に三島由紀夫賞を受賞した山本昌代さんに密着取材をする企画をやらせてもらったのはいい思い出です。

ライターとして最盛期の最中、がむしゃらに仕事をし続けた。そして、ある人との出会いが人生を変えたという。

豊崎：わたしが「書評家」を名乗るきっかけをくれたのは、当時「CREA」で編集長をしていた、のちに文藝春秋の社長にもなる平尾隆弘さんです。一緒にタクシーに乗っていた時、「豊崎さんは何でもやってくれるけど、本当は何がしたいの？」と聞いてくださったんですよね。お酒飲んでいい気持ちになっていたので、すごく気軽な気持ちで「昔から本が大好きだから、なんか本の紹介とかできたら嬉しいかもしれないですねー」って答えたんですよ。

そしたら二、三カ月後に「ＣＲＥＡ」誌上に「豊﨑由美の何を読もうか」という本を紹介するページを用意してくれて……。これを皮切りに、本を紹介する書評家としての仕事が徐々に増えていき、「豊﨑由美って誰？」と、出版業界内で注目してもらえるようになったんです。

今でこそ女性のライターが本の紹介記事を書くことは普通だが、当時はまだ未舗装状態で、とても珍しい存在だったという。

豊﨑：雑誌に書評記事を書くのは、丸谷才一のような作家や、文芸評論家がほとんどでした。女性では、温水《ぬくみず》ゆかりさんという先駆者がいましたが、本当に彼女くらい。そこにわたしが参入し、以降どんどん書き手が増えていき現在に至ります。

この連載では、紹介する三冊のうち、必ず二冊くらいを海外文学に充《あ》てていたのですが、これもわたしに幸いしたと思っています。エンターテインメント小説を紹介する人は、それこそ大勢いるけれど、海外文学、海外のノンジャンル小説を紹介する書き手は当時ほとんどいなかった。ニッチな書評家としてスタートしたことで、結果的にパイの取り合いに巻き込まれず、独自のカラーが出せたという面はあったでしょうね。

雑誌バブルからの出版不況。書き手の明暗を分けたものとは？

タクシー券がバンバン切られ、取材旅行に行けば拘束料として日当が出た——豊﨑さんから聞く八〇、九〇年代の雑誌バブル期のエピソードの数々は、出版不況、インターネット以降の雑誌の凋落しか知らない世代からすると、まるで小説やドラマの世界のようで眩しい。「わたしはいい時代に、いい人たちに出会えたから今がある」と自身の幸運を認めつつも、バブル景気の恩恵という意味では、当時複雑な思いもあったそうだ。

豊﨑：バブルで雑誌がいっぱいできて、ライターもたくさん必要とされていた時代です。部数が多いから、ひとつの編集部に今より二、三倍の人がいました。そういう余裕があったからこそ、「編集者がライターを育てる」という文化が成り立った。そういう時代にぺーぺーのライターをやっていられたことは、すごく運がよかったと思います。

ただわたしは、女性誌の花形とされる「コスメ・エステ・グルメ・ファッション・旅行」といったジャンルはぜんぜんやらせてもらえなかった。あと、企業とのタイアップ記事も。原稿料がダントツにいいから、当時は「いいなぁ」と、タイアップ記事をバンバン書かせてもらってる同世代のライターたちを羨ましく見ていました。

歯に衣着せぬ、正直すぎる書評が売りの豊﨑さんがタイアップ記事？　と思い聞いてみると、やはり当時も、人に愚痴るとそんな反応が返ってきたそうだ。

豊﨑：親しくなった編集者の人と飲んでる時に、「誰もわたしにタイアップの仕事くれないんだよね」ってボヤいたことがあるんです。そしたら、その人急に真顔になって「なんでもクライアントの言うこと聞かなきゃダメなんだよ。できないでしょ？」と言われて、たしかにな、と（苦笑）。

でも、逆に言うとね、すごく大事にされていたんだと思います。というのも皮肉なもので、同世代でタイアップばかりやってたライターで、今でも生き残っている人は知る限り誰もいないんですよ。その時、わたしより収入が倍くらいあって、何倍も有名だった人たちが、バブルが終わって雑誌が減ると同時にことごとく消えていった。わたしは特に「おいしい」原稿料とかもなければ、贅沢な暮らしにも縁がありませんでしたが、直接的な恩恵を受けなかった代わりに、極端な落差も経験せずに済んだ。だから、あの恵まれた時期は、雑誌編集部の活気みたいなものを知っている、という楽しい思い出としてわたしのなかで生き続けています。

自分の好きなものを守るために。「応援する」という仕事の在り方

九〇年代以降も、書評の仕事は増やしつつも、スポーツ誌「Ｎｕｍｂｅｒ」（文藝春秋）でやりたい放題のスポーツ観戦コラム「それ

行けトヨザキ!!」、「週刊文春」（同）では三面記事のその後を追いかける「三面記事探検隊がゆく」などを連載。多岐にわたるジャンルで活躍を続けた。そんな豊﨑さんが、「書評家」としてその存在を広く知られるようになったきっかけは、やはり翻訳家・書評家の大森望さんとの共著『文学賞メッタ斬り!』シリーズ（これまで五冊を上梓）だろう。

豊﨑：わたしはコアな本好きの人にしか知られていませんでしたけど、二〇〇三年に「メッタ斬り!」をやるようになってから、「ちょっと本が好き」くらいの人たちにも知られるようになった気がします。初めての書評集『そんなに読んで、どうするの?』を出せたのも、あれ以降ですしね。当時も今も、書評を主な仕事にしている人の書評集って、ほとんど出版されることがありません。良い書き手は大勢いるのに、本当にもったいないことです。

雑誌の数、本を紹介するページが減少傾向にある昨今。活字メディアに発表された書評を再録するアーカイブサイト「ALL REVIEWS」など、新たな試みを模索する動きもあるが、日本の書評文化の先行きは楽観視できないという。今年五十九歳になる豊﨑さんも「将来に不安しかない」と溜息をつく。

とはいえ、ただ指をくわえてこの状況を見ているわけではない。海外文学についてゲストと語り合うイベントや、自らのトークイベントを開催。さらには「ツイッター文学賞」の立ち上げや、自ら書店に立ち、お客に直接本を薦めて叩き売る「フーテンのトヨさん」というユニークな試みも行っている。この積極性、フットワークの軽さは、後続の若いライターたちを刺激してやまない。

豊崎：素晴らしいものなのに、放っておくと消えてしまいそうなジャンルを見ると、やっぱり応援したくなるんですよね。今の自分に余力があるなら、必ずそうします。わたしが積極的に紹介している海外文学も同じで、単純に自分が好きだということが一番大きいけれど、せっかくの面白いものが経済の状況によっては「読者もそんなに多くないし」みたいに判断されて、出版されなくなってしまうことが残念でならないんです。一冊でも多くの人に買ってもらえるように応援することが、結果的に自分の好きなジャンルを守り助けることになるなら、そりゃやらなきゃ嘘でしょう。

「見るまえに跳べ！」仕事は好き嫌いせずに挑んでみる

文章の腕と尽きせぬ好奇心、そして本への愛を武器に、浮きつ沈みつの出版業界を身一つで渡り歩いてきたフリーランスの大ベテランは、この三十余年の「仕事」を振り返った今、何を思うのだろうか。

豊崎：大江健三郎の小説のタイトルじゃないですけど、まさに「見るまえに跳べ」の精神ですよ。わたしは若い時に失うものなんてないと思ってたから、とにかく目の前に来たものに飛びつき続けてきました。そして、その結果、現在の自分がある。「好きな仕事」を選んだ、というよりも、いろいろやっている なかで、自然に「あ、今やっている仕事は、自分がやりたかったことだな」と思えるようになっていった。ある意味、仕事をあまり選ばなかったことがよかったんだと思います。

というのも、この仕事で「あれ嫌」「これ嫌」と言う人が出世したのを見たことないから。やっぱり、やってみなきゃわからないこともあるんですよ。少なくともわたしは、ひたすら来た依頼を断らずに続けてきたなかで得た知識に、文章を書く時や本を読む時にわが身を助けてもらうという経験を何度もしてきましたからね。もちろん、精神を病むような本当に辛い仕事は、ほっぽり出してしまえばいいですけど。

また、修羅場をくぐってきたからこそできる、後進への「現実的な」アドバイスも。

豊崎：フリーランスなら、仕事はいろいろな出版社としておいたほうがいいと思います。わたしがなんとかライターとして、書評家としてやってこられたのは、来る仕事は拒まず、いろいろなところと仕事をしてきたから。それに今は雑誌不況だから、書いている雑誌が潰れることだって珍しいことじゃありません。仕事先はたくさんあるに越したことない。

最後に、好きなことを仕事にする・しないで悩んでいる読者に向けてアドバイスをお願いしたところ、じつに豊崎さんらしいエールを送ってくれた。

豊崎：こんなわたしでも三十年以上やってこられたんだから、皆さん臆せずどんどん挑戦すればいいんですよ。まあ、どんなに好きなことでも、仕事になった途端「嫌だなー」「面倒だなー」ってなったりするものなんですけどね。そりゃ締切に追われるよりも、家でのんびりゲームとかしてたほうが楽しいに決まってます。

なんだけど、仕事でうまくいった時に得られる達成感・高揚感は、遊びや他の何かでは得られないもの。自分にとって会心の書評になったなと思えるものが書けた時って、「どんとこーい！　今ならなんでもできる！」みたいな万能感でいっぱいになって、それはもうえも言われぬ最高の気分なんですよ。まあ、それも三、四時間で消えるんですけどね(笑)。だからわたしは、また新たに「書くぞ」という気持ちになれるのかもしれないなあ。

取材・文：辻本力　編集：吉田薫（ＣＩＮＲＡ）
ＣＩＮＲＡ ＪＯＢ「好きなジャンルで食べていくには？　書評家・ライター豊﨑由美の半生から学ぶ」　２０２０年10月28日
https://job.cinra.net/article/yameruyamenai/7-toyozakiyumi/

あとがきに代えて　わたしの読書遍歴

本を読むようになったきっかけが、九歳年上の姉が机に向かっている姿であるのは間違いありません。わたしとちがって頭の出来がよかった姉が、毎夜、教科書や参考書を開いて勉強するさまに憧れた四歳のわたしは、母親にせがんで文字の読み方を教えてもらったんです。

最初に読んだ本（たぶん絵本だったんでしょうけど）のことは記憶に残ってないけれど、夢中になって読み耽った本のことは覚えています。姉が小学生の時に買ってもらったグリム童話全集。なかでも、「こわいことを習いに旅に出た男」の話は繰り返し読みました。これは、出来のいい兄とちがって役立たず扱いされている主人公が、生まれてこのかた「怖い」と感じたことがないからそれを学ぶために広い世間に出ていくという物語。ところが、主人公の若者はどんな恐ろしいシチュエーションを前にしても一向に怖いとは思えない。「ぞっとできればいいのになあ」と恐怖体験に憧れを募らせていくばかりだったその折り、国王から「化け者が出る城で三日三晩番ができた者に娘をやる」というお触れが出て——。

記憶だけで書いているので間違っているかもしれませんけど、この一篇がその後のわたしの読書嗜好の基礎となったんです。それは、「恐怖」と「笑い」と「驚き」。怪奇幻想小説やモダンホラー小説やコミック・ノベルやユーモア小説やＳＦ小説や実験小説やポストモダン文学を好んで読むようになったのは、三つ子の魂百までというべきでありましょう。

ちなみに二〇二四年時点のわたしが「恐怖」「笑い」「驚き」からそれぞれ一作を選ぶとすると以下の通り。

『マルペルチュイ』（ジャン・レー／ジョン・フランダース）。ベルギー幻想文学を代表する作家の代表作。重層的な視点で物語られる異形の館譚なのだけれど、そこにギリシャ神話を導入してスケール大爆発。「恐怖」だけでなく「驚き」も加味された怪奇幻想小説のカノンというべき傑作です。

「馬鹿と暮らして」（ヴィクトル・エロフェーエフ『ヌマヌマ――はまったら抜けだせない現代ロシア小説傑作選』所収）。近年で一番笑った小説。馬鹿と暮らさなくてはならなくなった主人公が「えい！」としか言わない男レーニンを連れ帰り、やがて主従が逆転したばかりか愛し合うようになってしまう展開が、呆然とするほど滅茶苦茶でおかしいのです。

『紙葉の家』（マーク・Z・ダニエレブスキー）。これまでの読書人生で一番驚いた作品。伸縮自在の不気味な家をめぐる物語なのですが、本をくるくる回したり、後ろのページから遡ったりしながらでないと読めなかったり、メタ構造の膨大な注釈つきだったりと仕掛け満載の究極のポストモダン仕様になっていて、まさに奇書中の奇書！（決定ではありませんが、当時の編集者が復刊を画策しております。どうか実現しますように）

とはいえ、読書は秘密の趣味でした。生まれてすぐに父親の仕事で復帰前の沖縄に渡り、彼の地で七歳まで過ごした後、愛知県江南市のマンモス団地で小学生時代を送ることになったわたしは、同級生男子とばかり遊ぶようになり、そのやんちゃな連中に「読書をするような軟弱なやつ」と思われたくなかったんです。団地の図書室でケストナーやリンドグレーン、アーサー・ランサムなどの児童文学を借りて、布団の中で当時好物だったさきいかや壺漬けを食べながらこっそり読んでいた日々が、後年の海外文学好き&本を読む時は必ず寝転がってしまう性癖につながるわけですから、これまた三つ子の魂百までというべきでありましょう。

なかでも好きだったのが、リンドグレーンの『長くつ下のピッピ』。落ち着きがなくて異様に活発だったわたしがピッピの冒険に憧れたのは当然として、同じ作者の『カッレくんの冒険』やケストナーの『エミールと探偵たち』に感化され、不審な人物と決めつけた大人の後をつけまくって問題になったことは、三十ページにもあるとおりです。

団地で過ごした藤里小学校時代は、わたしの人生でもっとも楽しかった日々だったものの、卒業間近に姉の滋美がガス自殺してしまったのは、今でも言語化が難しいほど衝撃的な出来事でした。その日、わたしは同じ団地に住む友達の誕生日パーティに呼ばれていたのですが、遠くから救急車のサイレンが聞こえてくるや心臓がバクバクして「帰らなきゃ」と強く思ったのです。それでもしばらくは我慢していたのですが、ついにこらえきれなくなって挨拶もそこそこに友人宅を飛び出し走って帰宅したら、家の前に人だかりが。

母も姉も鳥が大好きで、沖縄にいる頃からたくさんのインコや文鳥を飼っていました。わたしも自分の手で雛の頃から育てたコザクラインコを可愛がっていたのですが、ガスで全滅。でも、子供心にインコが死んだことを嘆いてはいけないような気がして、泣かなかったことを覚えています。あと、姉の骨がとてもとてもきれいだったことも。

姉の自殺とは関係なく、前から予定されていたとおり名古屋市内のマンションに転居。猪高《いだか》中学校に通うことになったのですが、わたしの眉毛が太いことを気にした母親が剃ってくれている最中、落ち着きがないわたしが振り向いたせいで左の眉毛が半分なくなり、眉墨を持たされて通学するはめに。異形が恥ずかしいあまり、常にうつむき加減でクラスメートとも交流を控えていたのですが、ついに生えそろうや、いきなりやかましく喋りだしたわたしに周囲はドン引き。そうこうするうち中一の終わり頃に母が病死したのでした。

中学時代は、海外ミステリーのマニアである同級生から教えてもらうとおりに推理小説の古典を読んでいったものの、アガサ・クリスティとディクスン・カー以外はあまり面白いと思えず、太宰治信者でした。透明な下敷きに好きなタレントの写真をはさむのが流行っていたのですが、わたしが入れていたのは例の頬杖をついた太宰の写真。「誰、このおっさん」とよく訊かれたものです。

高校で出会ったのが筒井康隆と横溝正史と大江健三郎と高橋和巳。どうやって読むようになったかは覚えていませんが、なかなかバランスのいい並びなのではないでしょうか。あと、大きかったのは当時中央公論から出ていた文芸誌「海」を知ったことです。伝説の編集長・塙嘉《はなわよし》彦《ひこ》氏時代の「海」を、わたしは大学時代も購読していくのですが、そのおかげでガルシア＝マルケスをはじめとする南米の小説家や、バーセルミなどのポストモダン小説家と出会えたわけで、つまり現在のわたしの読書嗜好を決定づけてくれた文芸誌なのです。

東洋大学文学部印度哲学科だけを受験し合格して、当時飼っていたセキセイインコ（名前は海）が入った鳥かごとボストンバッグを手に上京。大学近くの鮨割烹の店でアルバイトしながら、その収入をすべてパチンコと競馬とサンリオSF文庫とポストモダン小説とラテンアメリカ文学につぎこんだ四年間。純文学系の全文芸誌を買って読んだ四年間。この大学生活で出会った奇人変人の皆さんについては「新文化」の連載でも少し触れていますが（122ページ～127ページ）、上の学年の中国哲学科に後年特殊漫画家として名を馳せる根本敬《たかし》さんがおられて、当時から「ダークマターをまとった男」として学内の有名人でした。その根本さんの名著『因果鉄道の旅』か『人生解毒波止場』だったかに、洋大を跋扈していた、わたしもよく知っている奇人変人の皆さんが紹介されているので、興味のある方はご一読ください。

大学時代で何が良かったかといって、そうした癖の強い人たちを大勢目の当たりにしたことでした。多動気味なこともあって、子供の頃から自分はなんかちょっとヘンなんじゃないかと思っていたのですが、この四年間を経て「自分はなんてまともなんだろう」と思えるようになったわけです。出版界の片隅に棲息するようになり、他の人が「あの人はちょっとおかしいから」と言うような書き手に出会っても、あまり驚かず平静な気持ちで対峙《たいじ》できているのは、洋大の変わり者の皆さんのおかげでありましょう。今さらですが、感謝したいと思います。ありがとうございました。

で、今に至るわけですが、その間の読書歴は『そんなに読んで、どうするの?』『どれだけ読めば、気がすむの?』『正直書評。』『ガタスタ屋の矜持――寄らば斬る!篇』『ガタスタ屋の矜持――場外乱闘篇』『時評書評』といった、これまでに出した書評集にあるとおりです。インタビューから対談や座談会のまとめ、特集記事の取材、ゴーストライティングなど、コスメ、エステ、グルメ、ファッション、旅行以外の原稿なら何でもこなすライターとして出発し、いつの間にか本を紹介する仕事が中心になり、書評家を名乗るようになりました。これからも仕事があるかどうか不安な六十三歳です。編集者の皆さん、わたしが路頭に迷わないよう、今後とも原稿の発注をよろしくお願いいたします。

この本の核となっている「新文化」に連載の場を作ってくださった芦原真千子さん、わたしのライター人生をたどるインタビューをしてくださった、フリー編集者にしてライターの辻本力さん、ありがとうございます。転載を快く許諾してくださった皆さん、ありがとうございます。本文中の引用のチェックを細心の注意を払ってしてくださった校正者の平川裕子さん、寺薗かおるさんありがとうございます。

もっとも大きな感謝を献《ささ》げたいのが、河井好見さんです。わたしには書評はまあまあ自信があっても、エッセイ的な文章はド下手という自己認識があります。そんなわたしに「エッセイを書いて本を出しませんか」と声をかけてくださったのが、なんと九年も前。以来、諦めずに待ってくださって、こうしてようやく一冊の本にすることができました。河井さんの後押しなくして本書なし。ノーカワイ、ノーライフ。河井さん、ありがとうございました。

前々から「是非！」と願っていた名久井《なくい》直子さんに装幀を引き受けていただいたのも望外の喜びです。その名久井さんが紹介してくださった犬ん子さんの装画も、わたしなんかにはもったいないくらい愛らしくて感謝感激です。名久井さん、犬ん子さん、ありがとうございます。でもって、わたしの拙文を読んでくださった皆さん、ありがとうございます。笑って読んでいただけたら、とても嬉しいです。

二〇二四年十月

豊﨑由美

掲載書籍一覧

あ行

芥川龍之介、他『大東京繁昌記・下町編』、平凡社ライブラリー、１９９８年（のちに講談社文芸文庫）
アトキンソン、ケイト『ライフ・アフター・ライフ』、青木純子・訳、東京創元社、２０２０年
荒川修作、ギンズ、マドリン『死ぬのは法律違反です――死に抗する建築：21世紀への源流』、河本英夫、稲垣諭・訳、春秋社、２００７年
飯嶋和一『出星前夜』、小学館、２００８年（のちに小学館文庫）
李箱《イサン》『翼　李箱作品集』、斎藤真理子・訳、光文社古典新訳文庫、２０２３年
戌井昭人「鮒のためいき」『まずいスープ』、新潮社、２００９年（のちに新潮文庫）
　『酔狂市街戦』、扶桑社、２０１６年
今村夏子『こちらあみ子』、筑摩書房、２０１１年（のちにちくま文庫）
ウィリス、コニー『ドゥームズデイ・ブック』、大森望・訳、早川書房、１９９５年（のちにハヤカワ文庫ＳＦ）
ウォード、ジェスミン『歌え、葬られぬ者たちよ、歌え』、石川由美子・訳、作品社、２０２０年
ヴォートラン、ジャン『パパはビリー・ズ・キックを捕まえられない』、高野優・訳、草思社、１９９５年
浦沢直樹×手塚治虫『ＰＬＵＴＯ（プルートウ）』、小学館、２００４～２００９年
エリアーデ、ミルチャ『ホーニヒベルガー博士の秘密』、直野敦、住谷春也・訳、エディシオン・アルシーヴ、１９８３年（のちに福武文庫）
エロフェーエフ、ヴィクトル「馬鹿と暮らして」『ヌマヌマ――はまったら抜けだせない現代ロシア小説傑作選』、沼野充義、沼野恭子・訳、河出書房新書、２０２１年
オースター、ポール『オーギー・レンのクリスマス・ストーリー』、柴田元幸・訳、スイッチパブリッシング、２０２１年

太田光
『ムーン・パレス』、柴田元幸・訳、新潮社、1994年（のちに新潮文庫）
『マボロシの鳥』、新潮社、2010年（のちに幻冬舎文庫）
『文明の子』、ダイヤモンド社、2012年（のちに新潮文庫）
『笑って人類！』、幻冬舎、2023年
大森望、豊﨑由美『文学賞メッタ斬り！』、パルコ出版、2004年（のちにちくま文庫）
小川哲『ゲームの王国』（上、下）、早川書房、2017年（のちにハヤカワ文庫JA）
奥田英朗『空中ブランコ』文藝春秋、2004年（のちに文春文庫）
『東京物語』、集英社、2001年（のちに集英社文庫）
小田雅久仁『増大派に告ぐ』、新潮社、2009年
恩田陸『ドミノ』、角川書店、2001年（のちに角川文庫）
『ドミノ in 上海』、KADOKAWA、2020年（のちに角川文庫）

か行

川本三郎『シングル・デイズ』、リクルート出版、1987年
岸政彦、柴崎友香『大阪』、河出書房新社、2021年（のちに河出文庫）
木下古栗『金を払うから素手で殴らせてくれないか？』、講談社、2014年
『人間界の諸相』、集英社、2019年
木村友祐「幼な子の聖戦」『幼な子の聖戦』、集英社、2020年（のちに集英社文庫）
キング、スティーヴン『IT』（上、下）、小尾芙佐・訳、文藝春秋、1991年（のちに文春文庫）
キンセラ、W・P『シューレス・ジョー』、永井淳・訳、文藝春秋、1985年（のちに文春文庫）
クーンツ、ディーン・R『ミステリアム』、松本剛史・訳、ハーパーBOOKS、2021年

『ウォッチャーズ』（上、下）、松本剛史・訳、文春文庫、1993年
クッツェー、J・M『恥辱』、鴻巣友季子・訳、早川書房、2000年（のちにハヤカワ文庫epi）
窪美澄『トリニティ』、新潮社、2019年（のちに新潮文庫）
久保寺健彦『みなさん、さようなら』、幻冬舎、2007年（のちに幻冬舎文庫）
クラトフヴィル、イジー『約束』、阿部賢一・訳、河出書房新社、2017年
クルーン、マイケル・W『ゲームライフ――ぼくは黎明期のゲームに大事なことを教わった』、武藤陽生・訳、みすず書房、2017年
ケストナー、エーリヒ『エミールと探偵たち』、小松太郎・訳、岩波書店、1953年（のちに岩波少年文庫）
呉明益『自転車泥棒』、天野健太郎・訳、文藝春秋、2018年
幸田露伴、他『日本八景』、平凡社ライブラリー、2005年
コルヴォー男爵『教皇ハドリアヌス七世』、大野露井・訳、国書刊行会、2023年
コルタサル、フリオ「クリフォード」『秘密の武器』（『世界幻想文学大系30』）、木村榮一・訳、国書刊行会、1981年

さ行

坂本千明『退屈をあげる』、青土社、2017年
『ぼくはいしころ』、岩崎書店、2020年
佐藤亜紀『バルタザールの遍歴』、新潮社、1991年（のちに角川文庫）
『喜べ、幸いなる魂よ』、KADOKAWA、2022年（のちに角川文庫）
サルトル、ボーヴォワール、他『文学は何ができるか』、平井啓之・訳、河出書房新社、1966年
夏笳《シア・ジア》「龍馬夜行」『折りたたみ北京――現代中国SFアンソロジー』、ケン・リュウ編集、ハヤカワ文庫SF、2019年

シェイクスピア、ニコラス『ブルース・チャトウィン』、池央耿・訳、ＫＡＤＯＫＡＷＡ、２０２０年
柴崎友香『千の扉』、中央公論新社、２０１７年（のちに中公文庫）
『あらゆることは今起こる』、医学書院、２０２４年
島崎藤村、他『大東京繁昌記　山手篇』、平凡社ライブラリー、１９９９年
シャランスキー、ユーディット『失われたいくつかの物の目録』、細井直子・訳、河出書房新社、２０２０年
ジャシ、ヤア『奇跡の大地』、峯村利哉・訳　集英社、２０１８年
殊能将之『子どもの王様』、講談社、２００３年（のちに講談社文庫）
ジュライ、ミランダ『あなたを選んでくれるもの』、岸本佐知子・訳、新潮社、２０１５年
ジョンソン、Ｂ・Ｓ『老人ホーム――一夜のコメディ』、青木純子・訳、東京創元社、２０００年（のちに創元ライブラリ）
スターン、ロレンス『トリストラム・シャンディ』（上、中、下）、朱牟田夏雄・訳、岩波文庫、１９６９年
砂川文次『ブラックボックス』、講談社、２０２２年（のちに講談社文庫）

た行

髙尾長良『音に聞く』、文藝春秋、２０１９年
高原英理『歌人紫宮透の短くはるかな生涯』、立東舎、２０１８年
滝口悠生『愛と人生』、講談社、２０１５年（のちに講談社文庫）
ダニエレブスキー、マーク・Ｚ『紙葉の家』、嶋田洋一・訳、ソニー・マガジンズ、２００２年
千葉雅也『デッドライン』、新潮社、２０１９年（のちに新潮文庫）
チャトウィン、ブルース『パタゴニア』、芹沢高志、芹沢真理子・訳、めるくまーる、１９９０年（のちに河出文庫）
『どうして僕はこんなところに』、池央耿、神保睦・訳、角川書店、１９９９年（のちに角川文庫）
チャン、テッド『あなたの人生の物語』、浅倉久志他・訳、ハヤカワ文庫ＳＦ、２００３年

『息吹』、大森望・訳、早川書房、2019年（のちにハヤカワ文庫SF）
チューダー、C・J『白墨人形』、中谷友紀子・訳、文藝春秋、2018年（のちに文春文庫）
筒井康隆『虚航船団』、新潮社、1984年（のちに新潮文庫）
津原泰水『ヒッキーヒッキーシェイク』、幻冬舎、2016年（のちにハヤカワ文庫JA）
『ペニス』、双葉社、2001年（のちにハヤカワ文庫JA）
『綺譚集』、集英社、2004年（のちに創元推理文庫）
『バレエ・メカニック』、早川書房、2009年（のちにハヤカワ文庫JA）
『11 eleven』、河出書房新社、2011年（のちに河出文庫）
『ブラバン』、バジリコ、2006年（のちに新潮文庫）
『エスカルゴ兄弟』、KADOKAWA、2016年（のちに改題『歌うエスカルゴ』、ハルキ文庫）
テラン、ボストン『その犬の歩むところ』、田口俊樹・訳、文春文庫、2017年
豊﨑由美『そんなに読んで、どうするの？――縦横無尽のブックガイド』、アスペクト、2005年
『どれだけ読めば、気がすむの？』、アスペクト、2007年
『正直書評。』、学習研究社、2008年
『ガタスタ屋の矜持――寄らば斬る！篇』、本の雑誌社、2012年
『ガタスタ屋の矜持――場外乱闘篇』、本の雑誌社、2013年
『時評書評――忖度なしのブックガイド』、教育評論社、2023年
豊永浩平『月ぬ走いや、馬ぬ走い』、講談社、2024年

な行

中島京子『やさしい猫』、中央公論新社、2021年（のちに中公文庫）

夏目漱石、他『お金本』、左右社、2019年
ヌーネス、シーグリッド『友だち』、村松潔・訳、新潮社、2020年
『ミッツ——ヴァージニア・ウルフのマーモセット』、杉浦悦子・訳、水声社、2008年
根本敬『因果鉄道の旅——根本敬の人間紀行』、ベストセラーズ、1993年（のちに幻冬舎文庫）
『人生解毒波止場』、洋泉社、1995年（のちに幻冬舎文庫）
乗代雄介「最高の任務」『最高の任務』、講談社、2020年（のちに講談社文庫）
『皆のあらばしり』、新潮社、2021年

は行

ハーディング、フランシス『影を呑んだ少女』、児玉敦子・訳、東京創元社、2020年
バージェス、アントニイ『エンダビー氏の内側』（アントニイ・バージェス選集 7‐1）、出淵博・訳、早川書房、1982年
ハーバック、チャド『守備の極意』（上、下）、土屋政雄・訳、早川書房、2013年
パク・ミンギュ『三美スーパースターズ最後のファンクラブ』、斎藤真理子・訳、晶文社、2017年
百田尚樹『日本国紀』、幻冬舎、2018年（のちに幻冬舎文庫）
平野啓一郎『空白を満たしなさい』（上、下）、講談社、2012年（のちに講談社文庫）
広瀬大志『広瀬大志詩集（現代詩文庫）』、思潮社、2016年
フォッセ、ヨン『三部作［トリロギーエン］』、岡本健志、安藤桂子・訳　早川書房、2024年
藤崎彩織『ふたご』、文藝春秋、2017年（のちに文春文庫）
プライス、リチャード『フリーダムランド』（上、下）、白石朗・訳、文春文庫、2000年
古川日出男『南無ロックンロール二十一部経』、河出書房新社、2013年

『曼陀羅華X』、新潮社、2022年
古川真人『背高泡立草』、集英社、2020年（のちに集英社文庫）
古沢和宏『痕跡本のすすめ』、太田出版、2012年
ベケット、サミュエル『新訳ベケット戯曲全集1 ゴドーを待ちながら／エンドゲーム』、岡室美奈子・訳、白水社、2018年
ベネット、アラン『やんごとなき読者』、市川恵里・訳、白水社、2009年（のちに白水Uブックス）
プラセンシア、サルバドール『紙の民』、藤井光・訳、白水社、2011年
ペンコフ、ミロスラフ『西欧の東』、藤井光・訳、白水社、2018年

ま行

町田康『ギケイキ――千年の流転』、河出書房新社、2016年（のちに河出文庫）
『パンク侍、斬られて候』、マガジンハウス、2004年（のちに角川文庫）
『宇治拾遺物語』、町田康・訳、池澤夏樹個人編集『日本文学全集08』、河出書房新社、2015年（『宇治拾遺物語』、のちに河出文庫）
マッキューアン、イアン「サイコポリス」『ベッドのなかで』、富士川義之／加藤光也・訳、集英社、1983年
マムレーエフ、ユーリー『穴持たずども』、松下隆志・訳、白水社、2024年
マンディアルグ、アンドレ・ピエール・ド『猫のムトンさま』、ペヨトル工房、1998年
ミッチェル、ジョン『奇天烈紳士録――あっぱれな人生と奇妙な信念』、和田芳久・訳、工作舎、1996年
ミラー、ローラ・編集『世界物語大事典』、巽孝之・監修、越前敏弥・訳、三省堂、2019年
ミルハウザー、スティーヴン「雪人間」『イン・ザ・ペニー・アーケード』、柴田元幸・訳、白水社、1990年（のちに白水Uブックス）

村上春樹　『１Ｑ８４』（全3巻）、新潮社、２００９～２０１０年（のちに新潮文庫）
森正蔵　『解禁　昭和裏面史――旋風二十年』、ちくま学芸文庫、２００９年
森見登美彦『太陽の塔』、新潮社、２００３年（のちに新潮文庫）

や行

ユージェニデス、ジェフリー『ミドルセックス』、佐々田雅子・訳、早川書房、２００４年
吉田豪　『書評の星座　紙プロ編――吉田豪のプロレス＆格闘技本メッタ斬り１９９５－２００４』、ホーム社、２０２１年
吉田美和　『吉田美和歌詩集　ＬＯＶＥ』、『吉田美和歌詩集　ＬＩＦＥ』、中村正人・監修、豊﨑由美・構成・編集、新潮社、２０１４年

ら行

ラシュディ、マブルーク『郊外少年マリク』、中島さおり・訳、集英社、２０１２年
リンドグレーン、アストリッド『名探偵カッレくん』、尾崎義・訳、岩波少年文庫、１９５７年
『カッレ君の冒険』、尾崎義・訳、岩波少年文庫、１９５８年
『長くつ下のピッピ――世界一つよい女の子』、大塚勇三・訳、岩波書店、１９６４年
レー、ジャン／フランダース、ジョン『マルペルチュイ』、岩本和子、他・訳、国書刊行会、２０２１年

わ行

渡辺淳一　『愛の流刑地』（上、下）、幻冬舎、２００６年（のちに幻冬舎文庫）

本書を購入された方にテキストデータを提供いたします。

視覚障害などの理由で本書をお読みになれない方や、
点字ボランティアの方に
テキストデータを提供いたします。
こちらのQRコードよりお申し込みのうえ、
テキストデータをダウンロードしてください。

初出一覧

「新文化」（新文化通信社）2017年9月14日号〜2024年10月10日号

「飛ぶ教室」（光村図書出版）第50号（2017年夏）

「すばる」（集英社）2019年8月号

「生活考察」Vol.02 〜 Vol.04

「早稲田文学」（早稲田文学会）Vol3-3　2005年5月号

『さよならオグリキャップ』
（ソニー・ミュージックエンタテインメント）ライナーノーツ

CINRA JOB（CINRA, Inc.）
「好きなジャンルで食べていくには？　書評家・ライター豊崎由美の半生から学ぶ」2020年10月28日

豊﨑由美（とよざきゆみ）

書評家、ライター。1961年、愛知県生まれ。東洋大学文学部印度哲学科卒。

多くの雑誌、WEB、新聞で書評の連載を持つ。

本書が初のエッセイ集となる。

著書に『そんなに読んで、どうするの？——縦横無尽のブックガイド』（アスペクト）、『ガタスタ屋の矜持』（本の雑誌社）、『まるでダメ男じゃん！——「とほほ男子」で読む百年ちょっとの名作23選』（筑摩書房）、『ニッポンの書評』（光文社新書）、『時評書評——忖度なしのブックガイド』（教育評論社）、共著に『文学賞メッタ斬り！』『百年の誤読』（共にちくま文庫）、『カッコよくなきゃ、ポエムじゃない！萌える現代詩入門』（思潮社）などがある

どうかしてました
2024年11月30日　第1刷発行

著者　豊﨑由美《とよざきゆみ》
発行人　茂木行雄
発行所　株式会社ホーム社
〒101-0051 東京都千代田区神田神保町3-29 共同ビル
電話　編集部 03-5211-2966
発売元　株式会社集英社
〒101-8050 東京都千代田区一ツ橋2-5-10
電話　販売部 03-3230-6393（書店専用）
読者係 03-3230-6080
印刷所　TOPPAN株式会社
製本所　ナショナル製本共同組合
本文組版　有限会社一企画

Dokashitemashita

ISBN：978-4-8342-5393-1　C0095